もふもふが溢れる異世界で幸せ加護持ち生活！

[著] ありぽん
[イラスト] conoco

ローリー
ブラックパンサーという魔獣。
ジョーディの父ラディスと
契約関係にある。
ジョーディ
日本から異世界の
侯爵家に転生した、
女神の加護を持つ少年。
前世の分まで
元気いっぱい。
◂ホワイトキャット
ダークウルフ▸
森に暮らすAランク魔獣達。
とある事件でジョーディと
関わるのだが……

ラディス
ジョーディ達の父で、
マカリスター侯爵家の当主。
騎士団を率いている。
サイラス
ジョーディ達の祖父。
『剛腕の騎士』の異名を
持つ実力者。
ルリエット
ジョーディ達の母。
いつもはにこやかだが、
たまに暴走することも。
マイケル
ジョーディの兄。
面倒見が良く、
4歳下の弟を大事に
している。
CHARACTERS
登場人物紹介

プロローグ

う～ん、僕、どうしたのかな？　僕は入院していて、いつもみたいにたくさん検査して、それでちょっと疲れて眠っていたと思ったんだけど。起きてるのに目が開けられない？　あれ？　そっか僕……。

あっ、お父さんとお母さんが、僕の頭を撫でてくれてる。もう何も見えないけど、でも絶対に間違わないよ。僕、お父さん達に頭撫でてもらうの、大好きなんだもん。

それからお父さん達、泣いてる……。

「啓太《けいた》、今までよく頑張ったわね。もういいのよ。ゆっくり眠ってね」

「お父さん達はいつも、啓太のことを思っているからな」

「お母さんもお父さんも、啓太が大好きよ」

「俺達の元に生まれてきてくれてありがとう」

お父さんお母さん泣かないで、僕も二人とも大好きだよ。もっと一緒にいたかったなぁ。もし生まれ変われたら、僕、またお父さん達と家族になりたい！

だからそれまで、さようなら、お父さんお母さん。

……ん？　あれ？　ここ何処だろう？　とっても綺麗な場所だね。僕、病院のベッドで寝ていたと思うんだけど。今僕の周りには綺麗なお花がたくさん咲いていて、それが何処までも続いていました。とっても悪い病気で入院していたはずなのに。……そっか、僕。

僕、お父さん達にさようならって言ったんだ。もう一緒にいられないって分かったから。でも……何でお花畑にいるんだろう？

ぱあぁぁぁぁぁぁ！

な、何、この光？

「こんにちは、如月《きさらぎ》啓太くん。私はセレナと言います。あなた達の世界では女神と言われている存在よ。よろしくね。私と話をしましょう」

光の中からいきなり綺麗な女の人が現れて、僕はビックリして声が出ません。女神のセレナさんって言うんだって。セレナさんは、どっかから出した椅子に座って、僕にも椅子を出してくれて。

僕が椅子に座ってから、セレナさんは色々お話をしてくれました。

最初にお話ししてくれたのは、僕がどうして病気で死んじゃったか。それは、僕の魂が地球に合わなかったからなんだって。本当は別の世界に生まれるはずだったんだけど、別の神様が間違えちゃって、地球に生まれました。それで魂が地球に合わなくて、病気になって死んじゃったんだって。

セレナさんが神様の手紙をくれました。手紙にはごめんねぇ〜って書いてあったよ。本当に神様のせいなの？　僕が病気だから、お父さんもお母さんも、いつもとっても悲しいお顔をしてたのに！

「気持ちは分かるわ。これについては将来、神様に会える日がくるから、その時に思いっきり怒って」

　怒っていいの？　うん、僕、いっぱいいっぱい神様のこと怒るよ！

　神様を怒っていいってお話が終わると、次のお話。今度は、僕が本当に生まれるはずだった世界に行けるっていう内容でした。

「神様のせいだもの。生まれ変われて当たり前よ。今度は間違えないように私が送るわ。だから啓太はその世界で、今までにできなかったことをやってみない？　嫌ならこのまま天国に連れて行くけど、あなた、やりたいことがいっぱいあるんじゃない？」

　僕のやりたいこと？　僕、お友達作りたいな。それから外で遊ぶとか。ずっと病院の中にいたから、やりたいことはいっぱいある。でも……。

「お父さんとお母さんは泣いてるのに。僕だけ楽しいのはダメ」

「あなたは本当に優しい子ね。入院してる時も、お父様とお母様のことをいつも一番に考えて。そうだわ！　私が女神の加護《かご》を、あなたのお父様とお母様に与えるわ。それから……」

　女神の加護がもらえると、これからずっと良いことばっかりで、たくさんニコニコできるんだって。だから泣いてる暇なんかなくなるって。

　それからもう一つ。いつか僕もお父さん達も、お爺ちゃんお婆ちゃんになって死んじゃったら、天国で会わせてくれるって。

「本当？」

「ええ、約束するわ。天国で再会したら、あなたの新しい世界での楽しい生活のこと、お父様達にお話ししてあげれば良いのよ。そうすればきっと、お父様達もあなたが幸せになってくれたって喜ぶわ」

そうかな？　僕の新しい世界の話をしたら、お父さん達は喜んでくれるかな？

セレナさんがニコって笑います。それから近づいてきて僕の手を握りました。

「如月啓太くん。お父様達の願いを伝えます。生まれ変わって、そして今度こそ幸せに暮らしてほしいと。いつでもお父様達は啓太くんの幸せを思っていると」

お父さん、お母さん、ありがとう。うん！　お父さん達が言うんだもん。僕、新しい世界でたくさん楽しいことをして、いつかまた会えた時、そのお話をするよ！

「その顔は決まったみたいね。じゃあこれからあなたを、別の世界の新しい家族の元に送るわね。何かお願いはある？　それと記憶はそのままにしておくわね。お父様達との思い出は大切だもの」

新しい家族……お願い……。う〜ん、そうだ！

「家族みんな仲良しで、ずっと元気がいいなぁ。たまに風邪引くくらいはいいけど、でもたくさんお外で遊べて、友達がたくさんできて」

「それで良いの？　幸せになるのは決まっているのよ。他にもっと、お金持ちになりたいとか」

「ううん、僕仲良しと、元気でいい！」

「……そう！　じゃあ決まり！」

セレナさんが現れた時みたいに光り始めました。そうしたら僕の体も光り始めて周りが真っ白になり、何も見えなくなります。それから僕は急に眠くなって……最後にセレナさんの声が聞こえました。

今度こそ幸せに。いつも私が見守っています。あっ、言い忘れてたわ。また赤ちゃんからスタートだから、もしかすると記憶が残ってても、感情は小さい子になっちゃうかもしれないわ。でも大丈夫。大きくなれば今の状態にちゃんと戻るから。それじゃあね！

え？　どういうこと？

次に目が覚めた時に見えたのは、綺麗な女の人と広い天井でした。

＊＊＊＊＊＊

啓太を新しい世界に送り出して、無事に着いたことを確認した私――セレナは、ほんの少し前、彼がここへ来る直前の、神様との会話を思い出した。

「これもすべて、神様のせいですよ」

「分かっておる」

「分かっておる？」

「申しわけない！」

私の前で、ジャンピング土下座をする神様。

「まったく！　私は今から啓太の所に行って来ますから。神様は啓太の時のようなことがないように、しっかり仕事をしてください！　サボったらどうなるか分かっていますよね？　それと私からの加護は決定事項ですから。あと、他にも数人、啓太に加護を与えたいという女神が集まっていますので」

「そんなに初めから加護を与えるのものう……」

「原因はどなたにあるんでしたっけ？」

「よろしく頼む！」

そんなやり取りを神様として、この花畑で啓太を迎えた。私は、女神セレナ。本来の居場所へ向かう啓太に、加護を与える者。

まだ幼く、小学三年生という若さでその命を終えてしまった啓太。それもこれも、すべては神様のせいだわ。神様が初めからちゃんと、啓太が生まれるべき世界へと送っていれば。神様の手違いにより、地球で生を受けてしまい……。

そんな啓太は地球に順応することができず、それは原因不明の病という形で体に表れた。そして今日、啓太は病を克服《こくふく》することができず、地球での一生を終えてしまった。あんなに互いを思いやる、素晴らしい家族だったのに、啓太も家族もどれほど別れが辛かったことか。

でも、これから彼には新しい生活が待っている。今度こそ幸せになってもらわなければ。そして次に、最初の両親と再会した時に、思い出とともに、幸せだったと伝えられるように。

さぁ、啓太！　思いきり新しい世界を楽しんで！

1章　新しい世界

僕が起きた時に初めて見たあの綺麗な女の人は、新しいお母さんでした。それが分かったのはちょっとしてから。起きてすぐの僕は、ビックリしちゃって大変だったの。

今までは病院のベッドの上であんまり動けなかったんだけど、起きてからはもっと動けなくて、さらに自分の手を見てビックリ。とっても小さくて、『手』じゃなくて『お手々』って感じ。

それで、セレナさんが話していたことを思い出しました。赤ちゃんからスタートってこと。僕、本当に赤ちゃんになったんだ。

小さな手を見て、それから知らないお部屋の風景を見て、やっと本当に新しい世界に生まれたんだって思えた。セレナさんに心の中でありがとうって言ってたら、ご飯の時間?だったみたいです。

女の人が僕のことをしっかり抱っこしてくれて、僕は自然におっぱいに吸いつきます。でも全然気になりませんでした。赤ちゃんだからかな?

ご飯の時に、綺麗な女の人が、

「起きたのねジョーディ、ママよ。さぁ、お乳《ちち》にしましょうね」

って言ったから、この人が新しいお母さんだと分かりました。それから僕の名前がジョーディっていうことも。

返事をしようと思ったけど、「あう」とか「うう」とかしか話せません。赤ちゃんだからお話しできませんでした。でもお母さん、ううん、ママのお話はちゃんと分かるから、もう少し大きくなってしゃべる練習をしたら、すぐにお話しできるようになるかも？

ご飯が終わって、ママが知らないお歌を歌いながら僕を抱っこしたまま、背中をぽんぽんしてくれます。前のお父さんもお母さんも、僕のことをたくさんギュウってしてくれました。僕、それが大好きだったんだ。

抱っこしてもらっていたら、ドアをトントン叩く音がします。ママが返事をしたら、背の高いカッコいい男の人と、小さな男の子が入ってきました。男の人がママに尋ねます。

「ルリエット、もうお乳は終わったか？」

「ええ。さぁマイケル、そっと頭を撫でてあげて。そっとよ」

「うん！」

男の子の名前はマイケル。それから男の人がママのことをルリエットって。ママがベッドに座って、隣にマイケルが座ります。それでマイケルが本当にそっとそっと、僕の頭を撫でてくれました。気持ち良くて僕はニコニコ、思わず「きゃきゃ、あう！」って声が出ます。

「さすがお兄ちゃんね。撫でてもらって、ジョーディとっても喜んでるわ」

マイケルは僕のお兄ちゃんみたい。

「どれ、私も」

今度はカッコいい男の人が僕の頭を撫でてくれて、また気持ち良くて、ニコニコ、きゃっきゃっ。

「私のも喜んでくれたな。ジョーディ、パパからプレゼントだぞ」

カッコいい男の人は僕のお父さん、パパでした。パパは僕の胸のところに、たぶん、うさぎさん？のぬいぐるみを置いてくれます。

「さっきマイケルとお店に行って、買って来たんだ」

「あら可愛いサウキーのぬいぐるみね。良かったわねジョーディ」

うさぎさんじゃなくてサウキーっていうみたいです。耳が長くてしっぽがまん丸。どう見てもうさぎだよ。

その時またまたドアをノックする音が。それでパパが返事して、男の人が中に。

「ラディス様、そろそろお時間です」

「もうそんな時間か？　はぁ」

パパの名前、ラディスだって。パパはブツブツ言いながら、寂しそうに部屋を出て行きました。


ご飯のおっぱいを飲んで、抱っこしてもらって、それを繰り返す日が続いて……僕はまだ歩けないから、いつもベッドの上。最初は目だけ動かして周りを調べて、そのうち頭を動かせるようになって、もっと周りを見ることができるように。

それで、僕がいるお部屋がとっても広いことがようやく確認できました。だって最初はほとんど天井しか見えなかったから――天井もとっても広かったけど――それだけじゃよく分かんなかったんだ。

とっても広いお部屋に、ベッドは僕が寝ているこの赤ちゃん用のしかないみたいです。

それからタンスみたいな家具と、小さい机と椅子と、あとはおもちゃがいっぱい。ぬいぐるみもいっぱい。僕のベッドの中にもいっぱいです。たまにお兄ちゃんがおもちゃを持ってやって来て、それで遊んでいます。

それから僕のお部屋には、パパ達以外にもたくさん人が出たり入ったり。一番中に入ってくることが多いのは、スーツ?を着ているお爺さんとカッコいいお兄さん、それから紫のお洋服を着ている可愛いお姉さんです。パパ達がお話ししてるのを聞いて、三人のお名前が分かりました。

お爺さんのお名前はトレバー。カッコいいお兄さんのお名前はレスター。可愛いお姉さんのお名前はベルです。

トレバーとレスターは、パパを呼びに来ることが多くて、そのうちレスターは、僕には優しいけどパパのことを怒るの。呼びに来るといつも早く仕事してくださいって叱っています。

レスターがいない時に僕を抱っこしながらパパが、レスターは相変わらず睨《にら》みが怖いって、トレバーに言ってました。そしたらトレバーが、

「途中で仕事を抜け出さずに早く終わらせて、それからジョーディ様の所に来られれば、睨まれることはありませんよ」

って。睨み？　怖い？　レスターがパパのことを怒っている時の顔は、僕のいるベッドからはよく見えないから分からないけど、確かに声はちょっと怖いよね。

ベルは僕のお部屋にいてお掃除してくれる、いつもニコニコしている優しいお姉さんです。あと

はお洋服を着せてくれたり、ママの代わりに絵本を読んでくれたり。もう一人のママみたい。お歌も歌ってくれるんだ。

僕がこの世界に生まれて、最初の頃に分かったのはこれくらい。だってお部屋から出ないし、その前に起き上がれないし。

早く大きくなりたいなぁ。そして前にできなかった、お外を走ったり、お友達を作ったり。やりたいことがいっぱい！

でもその前に、歩く練習とお話しする練習をしなくちゃ。それからお部屋を出て、まずはお家の中を探検したい。お外も楽しみだけど、お家探検も楽しみ！

僕がこの世界に生まれてどのくらい経ったのかな。僕はいつの間にかゴロンって、横に寝返りが打てるようになりました。ベッドの中だったら、ゴロゴロ転がれるようになって。

ゴロンゴロン以外だと、話す練習をしています。というか、それしかすることがないの。ママ、パパ、お兄ちゃん、まずはその練習から。

あ〜あ《ママ》、あ〜あ《パパ》、にょうにゃ《お兄ちゃん》……うん、ほとんど変わりません。

今日もダメかぁ。そう思っていたら、ママがいつもみたいにお部屋に入って来て、いつもみたいに抱っこしてくれて、おっぱいくれて。僕もいつもみたいに、ありがとうと言います。

「あにょう」

ママはなぁにって笑います。やっぱり伝わってません。でも言うことが大切だよね。

そうだ！　今日はありがとうに、ママもつけちゃおう！

「あにょう《ありがとう》、ま〜ま《ママ》」

ん？　バタバタさせていた手足が止まっちゃいました。今ママって言えた？　言えたかな？　うん気のせいだね。でももしかしたら……。よし、もう一回言ってみよう。

「ま〜ま」

!?　言えた!?　ママって言えたよね!?　ママって言えた!!　僕は嬉しくなって、止まっていた足と手を、またバタバタし始めます。

ママ、ママって言えたよ！　ちゃんと聞こえた？　僕の耳には「ま〜ま」って聞こえたんだけど。上手に言えたよね。

それで気付きました。ママ、何も言ってない。あれ？　そういえばさっきまで背中をポンポンしてくれていたのに、それも止まっちゃっています。

僕はそっとママの方を見ました。

ママ、とっても驚いたお顔をしています。僕は思わず体がビクッてしちゃったよ。どうしたの？

僕はママをじっと見つめます。ママと目が合った瞬間、とってもニッコリ、いつもの優しい笑顔に変わりました。

それからママは、僕のことを抱っこしたまま、急にドアの所までダッシュ。お部屋からは出なかったけど、ドアの隙間からお顔を出してパパとお兄ちゃんを呼んで、すぐに部屋の中に戻っちゃいました。

またお部屋から出られなかった。もうお部屋の中、見飽きちゃったよ。だっていつもおんなじなんだもん。いつお部屋から出られるのかな？　抱っこして連れて行ってくれないかなぁ。

バタバタって廊下を走る音がして、すぐにママに呼ばれたパパ達がお部屋に来ました。

「どうした!?」

パパ達だけじゃなくて、トレバー、レスター、ベルまで走って来たみたいです。みんないつもは澄ましたお顔で、はぁはぁすることなんてないのに、今はとっても焦ってるの。

「奥様いかがされましたか？　坊っちゃまに何か!?」

「あら、ごめんなさい。私、とっても嬉しくて叫んじゃったのよ。別にジョーディに何かあったわけではないのよ」

みんなが大きなため息をつきます。みんなママの叫び声を聞いて、僕に何かあったと思って、走って来てくれたみたい。僕が喋《しゃべ》ったから……ごめんなさい。

「それで何があったんだ？　嬉しいことって？」

パパがママから僕を受け取って、ヒョイって抱っこしてくれます。

「ジョーディがママって言ってくれたのよ！」

「何だって!!」

今度はパパのお声にビックリ。ドキドキしちゃって、涙が自然と出て来ちゃいます。僕が赤ちゃんだからかな？　前に入院していた時は、泣かないようにとっても頑張ってたの。だってお父さん達が心配するから。でも今はすぐ泣いちゃうんだ。

「ふえっ……」

「ああ、すまないジョーディ。ほら怖くないぞ、ごめんなぁ」

パパが僕を揺らしながら、その場をグルグル回ります。

「もう何してるのよ。ほらジョーディ、サウキーよ」

ママがサウキーのぬいぐるみを、僕の胸の上に置いてくれます。

僕が落ち着くのを待って、パパが僕を抱っこしたまま、近くに置いてあった椅子に座りました。その周りをみんなが囲みます。じぃ～って見られると緊張する……。

「さぁ、ジョーディ、もう一回ママって言って。ママよ。ま～ま」

そう言われて、僕は「ママ」にもう一回挑戦。

「あ～あ」

あ～、あ～あに戻っちゃった。さっきは言えたのに。ママが諦めずママ、ママって言います。僕も諦めずにチャレンジして……。

「あ～あ、あ～あ、ま～ま」

言えた!! 僕がま～まって言った途端、みんなが一斉に拍手しました。それから凄い凄いって、ベルは魔法でシャボン玉を作って飛ばしてくれます。

そう、この世界には魔法があります。ママがお水の魔法を使っているところを初めて見た時は、ビックリしすぎて、そして興奮して、そのまま寝ちゃいました。気絶?しちゃったんだ。だって魔法だよ!

起きてから僕は、何とかママにもう一度魔法を使ってもらおうと思ったけど、その日は失敗。でもその後は、普通に魔法を見ることができました。

僕も大きくなったら、魔法が使えるようになるのかな？　僕、とっても楽しみ!!

と、それよりも、さっきからパパの声が聞こえません。僕はそっとパパを見てみました。

……………うん、見なかったことにしよう。カッコいいパパが、ダメダメなパパに。涙でぐちゃぐちゃな、とってもだらしないニコニコなお顔になっちゃってます。

「ジョーディがママって。うう、凄いぞジョーディ」

そんなに喜んでもらえるなら、頑張って練習して良かった。けど、そのお顔はダメダメな気がする。

「ほらあなた、涙を拭いて」

ママがパパにハンカチを渡します。それで涙を拭いたパパが、デレデレなお顔のまま、

「ジョーディ、今度はパパって言ってくれ。パパだ。ぱ〜ぱ」

と言い始めました。

仕方ないなぁ。

「あ〜あ、あ〜あ」

なかなかパパって言えません。パパのデレデレした顔が、ちょっとしょんぼりになっちゃった。

待って、もう少しで言えると思うから。

「あ〜あ、あ〜あ」

でもその日のうちにパパって言うことはできませんでした。ママに慰《なぐさ》められながらお部屋から出て行くパパ。パパ、ごめんね。


初めてママって言えてから少しして、パパとお兄ちゃんも言えるようになりました。

「ジョーディ、パパだぞ」

「ぱーぱ」

「お兄ちゃんだよ」

「にー」

パパとママは何とか言えるんだけど、お兄ちゃんはちょっと難しくて「にー」になっちゃいます。でもみんな喜んでくれてるからいいよね。

初めてパパって言った時、パパがとっても大変なことになりました。ママって初めて言った時以上に泣いちゃって、デレデレのお顔がもっとデレデレに。しかも何回も言ってくれって頼まれたから、僕も頑張って応えたら、疲れちゃってぐったり。

それを見たママが、当分の間、僕にパパって言わせるのを禁止にしちゃいました。パパはガックリしながら、トレバーに部屋から連れ出されて行ったよ。

パパ、お兄ちゃんが言えるようになってから少しして、今度はゴロゴロ転がるんじゃなくて、ハイハイで移動できるようになりました。

ハイハイできた時に側にいたのはベル。ベルは掃除用具を放り投げて、ドアを思い切り開けると、ダダダダダッ！と走って行っちゃいました。そして、遠くからトレバーの怒る声が。

でもその後すぐ、たくさんの足音が聞こえてきて、パパ達がお部屋になだれ込んできました。

うん、それからは大変だったんだ。パパの方にハイハイ。ママの方にハイハイ。お兄ちゃんの方にハイハイ……と何回も何回も。僕は途中で力尽きて、その場でバタっとうつ伏せになったまま寝ちゃいました。

起きたらパパ達がごめんねの抱っこをしてくれたのと、頭を撫でてくれたから許しちゃったけど、もう何回もハイハイやらないからね。

あっ、ハイハイができるようになって、僕の楽しみにしていたことがありました。ママが初めてお部屋から僕を連れ出してくれたの。

「ジョーディ、さぁ、今日は初めてお部屋の外に出るわよ」

それを聞いた時の僕は、嬉しくて高速ハイハイでお部屋の中をグルグルしちゃいました。ママが抱っこしてくれてからも、足をバタバタ、腕をバタバタ。

「ジョーディ、静かにしてないと連れて行ってあげないわよ」

僕はすぐに大人しくします。ちゃんと連れて行ってもらわないと。

「あら、本当に静かになったわ。ママが何言ったか、分かったのかしら。まさかね」

うん、分かるよ。分かるけど、まだお話しできないもんね。ベルがドアを開けてくれて、いよいよお部屋の外に。

お部屋の外は……長い長い廊下でした。その廊下を歩いて行くママとベル。そのうち大きな階段のある所に到着します。ここに来るまでにお部屋がたくさんありました。

「ジョーディ、今のあなたにお話ししても分からないでしょうけど、ジョーディのお部屋があるのは二階よ。それから……」

分からないと思ってても説明してくれるママ。ママありがとう！

僕が今いるのは二階みたいです。それから上は四階まであって、階段の上を見たら、魔法でキラキラ光らせている綺麗なライトが見えるの。

えっと、前に本で読んだことがあります。確かシャンデリア。あれに似てるんだよ。それから一階の方は広い広い場所で、ママが玄関ホールだと教えてくれました。

僕は玄関ホールに行ってみたくて、手を伸ばしてママにアピールです。

「ま～ま、あうあ～」

「どうしたのジョーディ？」

「あうあうあ～」

また手をバタバタ、それからその手を下に。

「下に行きたいの？　ジョーディはまだだめよ。もう少ししたらね」

そ、そんなぁ。そのまま来た方向へ廊下を戻っていくママ達。その途中に絵が三枚飾ってあって、描かれていたのはパパとママとお兄ちゃんでした。絵の下に何か文字が書いてあります。僕がその文字に手を伸ばしたら、ママに止められました。

「絵に触ってはダメよ。その文字は名前が書いてあるのよ。もう少ししたらジョーディも絵を描いてもらいましょうね。それからお名前も。ジョーディはただのジョーディじゃないのよ。ジョーディ・マカリスターというの。私達はマカリスター家の人間よ」

マカリスター？　名前と苗字《みょうじ》って感じかな？

廊下を一周して初めてのお外は終わっちゃいました。もっと色々見たかったのに。ちょっと残念。でもこれからは少しずつお外に出られるようになるのかな？

僕がそう思った通り、次の日もその次の日も、毎日ちょっとずつお部屋から出られるようになりました。ママと一緒だったり、パパと一緒だったり。

でもパパはいつも、僕と一緒にいる所をレスターに見つかって、すぐに僕をママに託して連れて行かれちゃいます。レスターに、

「また仕事をおサボりになりましたね。今日はお昼は抜きで仕事を。そうしなければ終わりません」

って怒られて三階に上がって行くのです。……パパ、お仕事サボっちゃダメだよ。

お外に慣れてきた頃、ママがついに僕を抱っこから下ろしてくれました。ハイハイで廊下を進みます。

階段の所では、ベルやお家で働いてる他のメイドさん？　それからレスター達とおんなじお洋服を着た男の人達が、僕が階段を下りないようにバリアしています。ちょっと残念だけど、長い廊下を端っこから端っこまでハイハイできるだけでも嬉しいです。

それからまた少しして、今日はいつもとちょっと違いました。

自分のお部屋の床を、ハイハイで遊んでママを待つ僕。早く廊下で遊びたいのに、なかなかママもベルもお迎えに来てくれません。僕はドアの前に行って、パシパシ叩きます。ママまだぁ～？

その時でした。ガチャって音がして、ドアがほんのちょっとだけ開きました。ちゃんとドアが閉まっていなかったみたいです。もう、赤ちゃんの僕がいるのに危ないよ。でも……ふふふ。

僕はハイハイしながら頭でドアを開けて、廊下に出ました。

廊下に出てすぐ左は行き止まり、だから右に進み始めます。誰にも止められないハイハイ。う～ん、なんか楽しい！　止まらずにハイハイして、ついに階段の所に到着です。

上を見て、それから一階の方を見て、その時でした。手が滑っちゃって、体がグラッて。落ちる!!　僕は目をつぶりました。

……あれ？　少ししたけど、何にも起きません。僕グラッて落ちそうになったよね？　でも転がってない？　体も痛くないし……転がり落ちてたら絶対に体が痛いよね？　う～ん。痛くないけど、でも首のところ、変な感じがします。

そっと目を開けると、目の前にはやっぱり階段があって、しかも落ちる寸前のところで止まっています。

慌てて手をバタバタしたら、ひょいって誰かが僕のことを持ち上げました。持ち上げた？　何かにぶら下がっているみたいに体がゆらゆらして、その後階段から離れていきます。

ゆらゆら、ゆらゆら。誰？　僕のこと、ブラブラさせてるの。パパ？　ママ？　何で何も言ってくれないの？　なんか不安になってきちゃったよ。

階段からずっと遠くに離れて、やっと僕のことをぶら下げていた人が、廊下に下ろしてくれました。ちょこん。座ったけど、すぐにハイハイで後ろを振り向きます。

ドキッ!!　とってもビックリしちゃいました。ドキドキが止まりません。

僕の後ろには大きな大きな、黒いヒョウ?みたいな動物がお座りしていて、僕のことをじっと見ていました。だ、誰？　何処から来たの？　僕のこと食べないよね？　もうパニックです。だって本当に大きいんだよ。今の僕、この動物の足くらいの背しかないです。

僕がハイハイのままじりじり後ろに下がったら、黒いヒョウが近づいてきます。どうしてついて来るの⁉　また僕は下がって、そしたら黒いヒョウが近づいてきて、少しの間それの繰り返しです。どんどん下がる僕。でも壁にぶつかって、それ以上下がれなくなっちゃった。こ、怖い。

泣きそうになっちゃいます。

「ふえっ……」

僕が泣きそうになった瞬間、黒いヒョウがごろんって寝転がって、お腹を見せてゴロゴロして、にゃあにゃあ鳴き始めました。え？

僕に構わず、ゴロゴロし続ける黒いヒョウ。そのうち、長いしっぽをぶんぶん振り始めました。ヒョウのお顔も、さっきまでみたいに怖くありません。怖いヒョウじゃないのかな？　僕はそっとそっと黒いヒョウに近づきます。僕が近づいてもヒョウはお腹を出したままです。

これ以上近づけないって所まで近づいたら、黒いヒョウがもう一回「にゃあ」って鳴きました。

何故かそれが触って良いよ、って言っているみたいに聞こえて。だから僕は、そ〜っと手を伸ばして、黒いヒョウのお腹を撫で撫で、撫で撫で。それからすぐに手を引っ込めます。

怒ってない？　大丈夫？　ヒョウは僕が撫で撫でしてもそのままです。そのお目々が、もっと撫でてって言っているように見えました。もう一度お腹を撫でます。

『なにょうぉぉぉ！』

嬉しそうにヒョウが鳴いた時、パタパタ、と誰かが走ってくる音が聞こえました。

「ジョーディ！　何でここにいるんだ⁉　ママはどうした？　ベルは？」

パパが走ってきたの。それで僕のことを急いで抱っこします。

「ローリー、一体何があったんだ」

『にゃうにゃう、にゃあにゃあ』

「うん、うん、それで」

え？　パパ、黒いヒョウとお話ししてる？　ビックリして、パパとヒョウのことをじぃ〜って見つめちゃいました。

「そうか、そうだったのか。ありがとうなローリー。よしみんなで戻ろう」

僕達の後ろをヒョウがついて来ます。僕のお部屋に戻って、パパが僕を抱っこしたままソファーに座ると、パパの足元でヒョウが伏せの姿勢を取りました。

「ジョーディ、この子の名はローリー、ブラックパンサーという魔獣だ。まだジョーディに話しても分からないと思うが……」

この黒いヒョウの名前はローリー。ローリーは動物じゃなくて魔獣でした。ブラックパンサーっていう魔獣さん。

魔獣はこの世界にいる生き物で、たくさんいて、森とか林とか、色々な所に住んでいます。人と仲良くしてくれる魔獣もいるし、逆に人間を襲う怖い魔獣もいて、僕の大好きなぬいぐるみのサウキーも魔獣なんだよ。

ローリーは、ずっと昔からパパの側にいる魔獣で、何処かにお出かけする時もずっと一緒。パパとローリーは魔獣契約をしています。魔獣契約っていうのは、ずっと一緒にいるってこと、お友達になることなんだって。それから、二人で力を合わせてお仕事したりもするんだって。

あとあと、一番ビックリしたのは、魔獣契約すると、契約した魔獣とお話しできるようになるってこと。だからパパとローリーはさっきお話しできたんだよ。

魔獣さんとお話しできるなんて凄いねぇ。僕もいつか魔獣さんとお友達になれるかな？　ちゃんと魔獣契約できるかな？　契約の仕方とか知らないけど、それはもう少し大きくなったらお勉強すればいいし。また楽しみが増えちゃいました。

パパのお話が終わるとローリーが起き上がって、お顔を僕の顔に近づけて、自分のお鼻をスリスリしてきました。

『にゃうにゃう』

「ん？　そうなのか」

何々？　何て言ってるの？

「ジョーディ、ローリーが『契約はできないけど、ジョーディとお友達になってくれる』と言ってるぞ」

お友達！　本当？　わわわ、僕の初めてのお友達！　僕嬉しくて笑っちゃいます。

「キャッキャッキャ！」

「はは、友達が何なのか、ちゃんと分かってるみたいな反応だな。まぁいいか」

「リー、リー」

「そうだぞ。ローリーだ」

『にゃうにゃう！』

僕はローリーの頭をそっと撫でました。

次の日から、時々お部屋に遊びに来てくれるようになったローリー。一緒にボールを転がして遊んだり、僕がハイハイでローリーの下を潜《くぐ》ったり。

それから廊下でも一緒に遊んでくれます。遊んでくれるし、守ってくれるんだよ。僕が危ない所に近づくと、僕のお洋服を咥《くわ》えて安全な所に戻してくれるの。

僕の初めてのお友達は、とっても優しいブラックパンサーのローリーでした。

ローリーとお友達になった次の日から、

「リー！」

ローリーは僕が呼ぶと、いつもすぐに来てくれます。何処にいても来てくれるの。それで僕と遊んでくれます。

ローリーと遊ぶようになって、パパが乗り物を作ってくれました。木の乗り物で、箱みたいな物に木のタイヤが付いています。乗り物には長いピンクの紐が付いていて、僕が乗ると、ローリーがその紐を引っ張って動かしてくれるんだ。

たまにお兄ちゃんが引っ張ってくれるんだけど、ちょっと不安。急に走り出すんだもん。スピードが上がりすぎて、乗り物が横倒しになったこともあるし。初めて倒れた時は泣いちゃいました。

それからはパパかママがいないと、乗り物を引っ張っちゃダメってことになっちゃって、お兄ちゃんはちょっとだけブーブー怒ってました。

それから僕、ちょっとずつ言葉が話せるようになったんだよ。話せるって言っても、抱っこしてもらいたい時は「だ」とか、おなかすいた時は「ま」とか、そんな感じです。でもパパ達はちゃんと分かってくれます。

そして今日、またまた初めてのことが。

朝、僕におはようしに来てくれたパパとローリー。その時パパがママとお話ししてて、今日はパパとローリーはなんかの訓練があるって言ってました。だからみんなが僕のお部屋から出て行っちゃって一人でつまんなくても、ローリーのことを呼びませんでした。何の訓練か分かんないけど、邪魔しちゃダメだもんね。

仕方ない。そう思った僕は、お気に入りのサウキーのぬいぐるみで遊ぼうって、お部屋の中を見渡します。けれど床の何処にも落ちてなくて、今度はちょっとだけ首を伸ばして、僕のちいさな椅子の上とかも確認。

あっ、あれ！　ソファーの所に、ちょっとだけサウキーのお耳が見えました。ハイハイで近づいて手を伸ばします。う～ん、あとちょっとなのに届きません。よしもう一回。ソファーにつかまりながら手を伸ばして。

グググっ！

なんか体が動いた感じがしました。そのとたんサウキーに手が届いて。ん？　なんかいつも見てるソファーじゃない？　僕はいつもお座りしているから、ソファーの足しか見えないのに、今は座るところが見えています。

何でだろう？　僕はサウキーを抱きしめながら、上を見て下を見て……。あっ！

「たぁ!!」

僕、いつの間にか立ってました。今まで高速ハイハイしかできなかったのに、ソファーにつかまってはいるけど、立ってるの。

嬉しい!!　前よりもいろんな物が見えるようになった気がします。僕は嬉しくてサウキーを持ち上げて、やったぁ!!の万歳をしました。そうしたら……。

「お？」

体が後ろに倒れ始めて、そしてゴチンッ!!

「うっ、ぎゃあぁぁぁぁぁん!!」

そのまま倒れて、おもいっきり頭をぶつけちゃいました。い、痛い～！　初めて立てたのは、ソファーにつかまっていたからだったのに、万歳して手を離したから倒れちゃったの。そこまで考えてませんでした。

僕が大泣きしてたら、ヒュッ!! 開いていた窓から何かが入ってきました。入ってきたのはローリーで、すぐにこちらに来て、僕の顔にすりすりしてくれます。

僕が泣いているといつも側にいてくれるローリー。今も僕が泣いているのに気付いて、すぐに来てくれたみたいです。

ローリーが来てくれてすぐ、今度は廊下をバタバタ走ってくる足音がたくさん聞こえて、バンッてドアが勢い良く開き、パパ達がお部屋に入ってきました。

「どうしたのジョーディ!?」

ママが僕を抱っこしてくれます。

『にゃうにゃ』

泣いている僕の代わりにローリーが説明しました。

「ああ、転んだのか? お座りしてて後ろに倒れたってところだな。待ってろジョーディ。すぐに痛いの消してやるからな」

パパが僕の頭のところに手を当てて、それから頭の上が明るくなりました。見えないけど、たぶんパパの手が光ってるんだと思います。

「ヒール」

パパがそう言ったら頭の上がもっと明るく光って、そうしたらあれだけ痛かった頭が、すぅって痛くなくなりました。

「ひっく、う?」

「どうだジョーディ。もう痛くないだろう」

もしかして怪我を治す魔法? もう全然痛くありません。痛くないってことを伝えるために、僕は両方の手を上げてニコニコ笑ってみせます。

「大丈夫みたいだな。ふぅ、驚いたぞ。いきなりローリーが、ジョーディがまずい!なんて言って走り出すから」

「私もあなたがいきなり走って来て、ジョーディが大変だって言うから、もう心臓がドキドキだったわよ。ジョーディ、ママ達を驚かせないで」

ごめんなさい。でも嬉しくて手を離しちゃったんだ。

あっ、そうだ! 僕、立てたんだよ! 立てたことも忘れちゃうところだった。パパ達に立ったところを見せなくちゃ。

僕を抱っこしているママに、手と足をバタバタして見せます。これをすると下ろしての合図だから、すぐにママが床に下ろしてくれました。

「ジョーディ、気を付けろ」

大丈夫、大丈夫。今度は手を離さないから。

ハイハイでソファーの所まで行って、さっきとおんなじことをします。できるかな? さっきは上手にできたけど、まだ一回しかやってないもんね。

息を吸って、フンッ！　手と足に力を入れます。そして……良かった、立てました！　さっきみたいに完璧です。

見て見て。僕がパパ達の方を見たら、パパもママも、それにローリーまで、ビックリした顔をして固まっています。ど、どうかな？　上手に立ててる？

「ジョーディが立ったぞ!!」

「ジョーディが立ったわ!!」

『にゃにゃにゃにゃにゃ～ん!!』

この日、お家の中は大騒ぎでした。パーティーが始まっちゃって、僕のお部屋の中は凄いことに。僕は赤ちゃん用フルーツ？スペシャルジュースを飲ませてもらえて。メイドさんや、あとトレバー達も、順番に僕におめでとうと言いに来てくれて。

でもね。少し落ち着いてから、トレバー達にも見せてあげようと思って頑張ったんだけど、その後は一回も成功しませんでした。とっても残念そうなトレバー達。みんなごめんね。

それからも立つ練習をして、だいぶ上手になってきました。最初は立つのがやっとだったのに、今はよちよちなら歩けるようになったんだ。

歩けるようになって少しして、ママが僕に靴を履かせてくれました。歩くと先っぽが光る靴です。今までは靴下だけだったんだ。お部屋の中か、廊下しか歩かなかったからね。

そして靴を履いた僕はついに、二階から一階へと下りました。初めて一階に行った時は、あんまり嬉しくて、歩かないでハイハイして玄関ホールをグルグル周っちゃったよ。

ママが、せっかく靴履いてるのにって残念そうだった。だって歩くよりもハイハイの方が楽だから、喜んだり嬉しくなったりした時は、ハイハイでグルグルしちゃうんだよ。


初めて一階に下りてからまた少しして、今日もママがいつもみたいに一階に連れて行ってくれます。でも今日はすぐに床に下ろしてくれません。そのまま大きな大きなドアに近づいて行って。

「ジョーディ、今日はこれからお外に出るのよ。初めてのお外、驚かないと良いのだけれど」

外!? お外に出られるの!? 本当？

「とぉ、とぉ」

「そうよ、お外よ」

さぁ行きましょうって、ベルがドアを開けてくれようとした時、ママって呼ぶ声が。お兄ちゃんが二階から下りて来ました。

「僕も一緒って言ったでしょう！」

「そうだったわね。ママもなんだか嬉しくて忘れてたわ。ごめんなさい。さぁ、今度こそお外に出るわよ！」

ベルがガチャン、とドアを開けてくれて、ママが僕を抱っこしたままお外に。ま、眩《まぶ》しい！ 最初は目を細めていた僕。慣れてくると、ぱっちり目を開けます。

「にょおぉぉぉぉぉ！」

「ジョーディの声、面白！　ふふふっ」

「さぁ、ジョーディ、初めてのお外よ！」

ひ、広い！　玄関の前には長〜い道が続いていて、その脇には木も花もいっぱいです。

僕が喜んで手をバシバシしていたら、ママ達が横に歩いて行きます。ちょっと進むと、玄関前より木も花も多くなって、お花のトンネルがあったり、お池もあったりしました。もっと進むとテーブルとお椅子が置いてあって、そこにパパ達がいました。

「お、来たな。ママ、ここなら大丈夫だから下ろしてあげたらどうだ？」

「大丈夫かしら？」

ママがそっと庭に下ろしてくれます。下ろしてもらったら、もう誰も僕を止められないよ。あっちによちよち、こっちによちよち。さっき見たお池も見てみたいし、初めてのお外に、僕、大興奮です。たまに前のめりになって転びそうになると、ローリーが僕のお洋服を咥えて支えてくれます。

僕がふらふらしてたら、レスターが何か運んできました。お茶とお菓子を持って来てくれたみたいです。それらがテーブルに並べられた後、僕はパパに掴まってそのお膝に座ります。

「初めての外はどうだ、ジョーディ」

「とぉ！　ちぃ!!」

「そうか楽しいか。良かった良かった」

僕はフルーツジュースを、パパ達はお茶とお菓子を口にします。周りをキョロキョロしながらジュースを飲んでたら、パパ達がお話を始めました。

パパが「父さんが」とか「母さんが」とか、いつ出かけるかとか話すと、ママがそろそろ用意を始めないととか、僕の誕生日パーティーがとか。僕の誕生日パーティー？　ん？

ジュースを飲んで少し遊んだら、今日はもうお外で遊ぶのは終わりだって。少ししか遊べませんでした。もうちょっと遊びたかったのに。

でもそれからは、短い時間お外で遊べるようになって、少したったら長い間お外で遊べるようになりました。

遊べる場所もだんだん多くなって、僕のお家には、魔獣を飼ってる小屋があることが分かりました。

ママが順番に指差して紹介してくれます。

「しゃうきー！」

「そうよ。サウキーよ」

「わんわん！」

「そうね、ワンワンね」

「しゅぷ！」

「スプリングホースよ」

僕の大好きなサウキーに、毛がぼうぼうのワンちゃん。それから頭の毛がぼうぼうで、しっぽの毛もぼうぼうのお馬さん。走るのがとっても速いんだって。他にもたくさん魔獣を飼ってます。

「今度おじいちゃん、おばあちゃんのお家に行く時は、このお馬さんが馬車を運んでくれるのよ」

この頃、お家の中がバタバタしてます。お出かけの準備をしているみたい。この前パパ達がお話ししてたでしょう？　あれは僕のお誕生日のお話で、パパのお父さんとお母さんのお家に行って、パーティーしてくれるってことだったんだ。

パパのお父さんとお母さんだから、僕のおじいちゃんとおばあちゃんに会えるの。それから僕のお誕生日のパーティー……えへへ、嬉しいね！

「さぁ、ジョーディ様、お着替えいたしましょうね」

今日は朝起きたら、いつもと違う、なんかカッコいいお洋服を着せられました。それからママがグミみたいな小さい食べ物をくれて、お口に入れたらすぐに溶けてなくなっちゃったんだ。ママは僕の口を開けて、グミがなくなったのを確認します。

「これで馬車に乗っても酔わないわね」

それからすぐに、抱っこされて玄関ホールからお外に出たら、目の前にカッコいい馬車が止まってました。馬車は二台で、その後ろにも馬車みたいなのが止まってて、それからお馬さんと騎士《きし》さんもいっぱいいいます。

騎士さん。そう、この世界には騎士さんがいるんだ。時々お庭にいるんだよ。

「さぁ、ジョーディ。これからおじいちゃんのお家に出発よ」

みんな初めて会う人ばっかかり、しかもこんなに人が周りにいるのは初めてで、僕はママに抱っこしてもらったまま固まっちゃいました。おじいちゃんのお家に行くだけだよね？

僕が固まってたら、スプリングホースの所にいた、大きな体の男の人が僕を見て、隣にいた男の人に声をかけて近づいてきました。

「初めまして。ジョーディ坊っちゃん。俺は騎士団で団長をしているアドニスだ。よろしくな」

「団長、その挨拶《あいさつ》は何ですか！　初めましてジョーディ様。私は副団長のクランマーと申します。よろしくお願いします」

二人は騎士団の団長さんと副団長さんでした。団長さん達が、僕にご挨拶してくれたから、僕もちゃんとご挨拶しないとね。最近覚えた挨拶を披露《ひろう》です。僕は手を挙げて、

「ちゃっ!!」

と声を張り上げました。

「おお、ちゃんと挨拶できるのか」

団長さんのアドニスさんが、僕の頭をぐりぐり撫でます。ガクンガクン、頭が前に行ったり後ろに行ったり……ふらふらします。

「団長！　ジョーディ様はまだ小さいんです。そんな撫で方をしたら首が折れてしまいますよ！」

「お、悪《わ》りぃ悪《わ》りぃ」

パッと手を離してくれました。ほんと、もうやめてね。

二人がスプリングホースの方に戻っていって、僕達はこれからどうするのかな？って思ってたら、パパとお兄ちゃんがお家から出てきました。

僕達は一番前の馬車に乗るみたいです。最初にパパが馬車に乗って、次にお兄ちゃん。それから

ママが僕をパパに渡して、僕は馬車の中に。最後にママが乗りました。後ろの馬車には誰が乗るのかな？

馬車の中は僕が思っていたよりも広くて、赤い絨毯《じゅうたん》が敷《し》いてありました。窓の所にはカーテンが付いていて、風でヒラヒラしています。

ママの隣にお兄ちゃんが、僕はパパの隣です。カゴみたいなのが付いていて、僕はその中に入れられました。一緒にサウキーのぬいぐるみを入れてくれます。パパはそれからカゴの横にカバンを置きました。

「それでは動きます。お気を付けください！」

前の方から声が聞こえて、馬車がガタンって音を立てて進み始めました。僕達が向いている方が馬車の進む方向です。パパが窓からお顔を出して「行ってくる」って、誰かに言ってました。

お兄ちゃんがママに言います。

「ママ、お外見ていい？」

「もう少ししたらね。ジョーディは初めてだから、今は馬車にならしてあげて」

「泣くようならあやすさ。あとのことを考えて確認したいこともあるしな」

あとのことって何かな？　でもお外が見られるなら、僕は見たいです。だってお家とお庭以外、まだ知らないから。見たことない物ばっかりのはずだもん。

馬車が走り始めて少ししてから分かったこと。それは、馬車は結構揺れるってことです。まだ少ししか乗っていないのにお尻が痛い。僕はパパに訴えます。

「ぱ～ぱ。いちゃ」

お尻を手ですりすりします。

「あっ、しまった忘れていた。ジョーディすまん」

パパが、僕の隣に置いてあったカバンの中を、ゴソゴソ探します。ちょっと大きいカバンです。カバンから取り出したのは、小さいクッションでした。僕を持ち上げてクッションをカゴに入れて、僕をその上に乗っけます。

おお!! 痛くない！ 今までガタガタ揺れてお尻が痛かったのに。クッションがとってもふわふわだからかも。パパ、ちゃんと最初から、忘れないでクッション入れてよ。


どれくらい走ったかな？ 僕が泣いたり騒いだりしないから、パパ達が驚いていました。お兄ちゃんが初めて馬車に乗った時は、凄く泣いたのにって。

「これなら雨が降っても大丈夫そうだな。雨の時は窓が開けられないから心配してたんだが」

パパがさっき言っていた「あとのことを考えて」って、雨のことだったみたいです。

「そうね。でも……さぁ、今日は天気もいいし、飽きて泣かれても困るから、カーテンを開けましょうか。マイケルもそろそろ限界みたいだしね」

お兄ちゃんがとってもニッコリして、カーテンをバッて開けます。急に馬車の中が明るくなって、僕は目をつぶりました。そっと開けてお兄ちゃん！

それからそっと目を開けてお外を見ようと……そう思ったけど、僕の手は全然窓に届きません。

「ぱ～ぱ、こっこ！」

「待て待て。ほらこれでいいだろ？」

パパが一度僕をカゴごと足元に下ろして、僕のいた場所に座ります。それから僕をお膝に乗っけてくれました。

「にょおぉぉぉぉぉ！」

「相変わらずジョーディの、喜んでる時と、驚く時の声は面白いな」

馬車のお外に見えたのは、何処までも続く草原でした。草原だけでした。それから道を歩く人や、魔獣に乗っかって進む人。たまに横を馬車が追い抜いていきます。

「にょお？」

う～ん？　なんか僕の考えていたのと違いました。地球とおんなじ感じだと思ってたの。家がいっぱいあって、人も車……はないから馬車だけど、もっといっぱいだと思ってました。

なんとなく僕は下の方を見ます。あっ、ローリーだ。何処にいるのかと思ったら、馬車の横を走ってました。

「リー!!」

『にゃうにゃぁ！』

「ジョーディ見てて！」

お兄ちゃんがカバンの中から、先っぽに丸いポンポンがついた棒を出して、それを窓からヒョンヒョンってしました。そしたらローリーが一回転しながらポンポンに飛びつきます。僕、拍手です。

「馬車に乗るといつも、ローリーとこれで遊ぶんだよ」

面白そう！　僕もやりたい！

「マイケル、ジョーディにも貸してあげて」

「よし、ジョーディはパパとやろうな。棒を落としたら面倒だしな」

僕はパパと棒を持ちました。

「にょによ、にょによ」

棒が揺れると声が出ちゃって、それを聞いてパパとママが笑ってます。どうして声が出ちゃうの。

ローリーが走りながらお手々でシュッシュって戯《たわむ》れてきて、たまに両方のお手々でポンポンを掴みます。よく走りながらできるよね。

お兄ちゃんはカバンの中をゴソゴソして、別の棒を出してきます。二人で一緒ににょによ、にょによ。ローリーがいっぱい遊んでくれました。

たくさん遊んでくれたから、ローリーは休憩です。僕達もカーテンは閉めないけど、ちゃんと元の席に戻って座ります。

棒をカバンにしまうと、カバンの中が気になってきました。クッションが入ってたし、ローリーの棒も入ってたでしょう、他には何が入ってるのかな？

「ぱ～ぱ、に？」

僕はカバンの方に手を伸ばして、バシバシと叩きました。

「ん？　カバンが気になるのか？」

パパがカバンを持ち上げて、最初に置いてあった、僕の横の位置にカバンを戻します。僕はカバンの中を覗きました。中には、クマさんのぬいぐるみでしょう、それから積み木と乗り物のおもちゃ、あとは絵本が何冊か入ってました。

「そのカバンの中にはマイケルとジョーディが馬車の中で遊べるように、色々な物が入ってるんだぞ」

そうか。僕達が馬車の中で飽きてぐずぐずしないように、遊び道具を持ってきてるんだね。

どんどん馬車は進んで、僕はカバンから出したクマさんのぬいぐるみで、お兄ちゃんと一緒に遊んでたんだけど、いつの間にか寝ちゃってました。起きた時には馬車から降りていて、パパが僕のことを抱っこして歩いてたよ。

「お、ちょうど起きたな。今日はこの宿でお泊まりだぞ」

おじいちゃんのお家、一日じゃ着きませんでした。お宿にお泊まりです。ていうか、まだお昼ご飯の時間なのにお泊まり？

宿のご飯を食べるお部屋に行って、ジュースを飲みながらパパ達のお話を聞きます。

あっ、あのね、トレバーとレスターとベルもいたの。もしかしたら僕達の後ろの馬車に乗ったのは、レスター達かもです。見てなかったから分かんないけど、たぶんそう。

パパが明日のことを話します。

「明日は森を抜けるからな、準備を万全に。朝早く出発する。時間通りに進まないと森を抜けるのが遅くなって、夕方までに次の街に着かないからな」

「夜に森を抜けるのは危険だものね」

ママが相槌《あいづち》を打ちました。パパがそれに頷いて、部屋の後ろの方に目を向けます。

「トレバー、皆に十分に休むように、それから今日の仕事は終わりだと伝えてくれ」

「かしこまりました」

トレバーがお宿のお外に出て行きました。ママもベルにお話をします。

「明日の昼食の準備を。それから一応非常食もよ。何があるか分からないから」

「かしこまりました」

ベルも出て行っちゃいました。

明日は森を通るみたいです。早くお宿に泊まったのは、明日のためだったんだね。でもなんかちょっと怖そう。だって夜に森を抜けるのは危険だとか、非常食とか言ってるし。

お昼を食べたら僕はお昼寝の時間です。馬車の中で寝たのにまたお昼寝。それでお昼寝から起きたら、パパとお兄ちゃんと、レスターも一緒に、お宿のお外を歩きました。

僕は初めてこの世界のお店を見ました。それから自分のお家以外のお家も。

お店では色々な物を売ってます。食器ばっかり売ってたり、剣や盾、槍とか武器ばっかり売ってたりするお店、それから美味しそうな匂いのする食べ物が並んだお店。

もっと色々見たかったけど、お散歩はすぐに終わり。お宿に戻ってから少しして、夜のご飯を食べたらもう寝る時間です。明日早く出発だから早く寝ましょうねって、ママが言って僕らはベッドに入りました。

ガタガタ、ガタガタ。何かの音が聞こえます。

「う？」

誰？　うるさいの。目を擦りながら窓の方を見たら、ちょっとだけお外が明るくなっています。

いつもはまだ寝ている時間です。

「ジョーディ起きたのか？」

声が聞こえて、よく見るとパパとママがもうお着替えをしてました。それからお兄ちゃんも起きて、みんなで早い朝のご飯を食べた後、昨日みたいにママが僕にグミをくれたよ。

「ふふふ、二人ともそっくりね。髪をとかしたのに、まだ寝癖がつんつんだわ」

ん？　寝癖？　ママが鏡の前に連れて行ってくれます。お兄ちゃんと僕の髪型が、そっくりに爆発してました。

＊＊＊＊＊＊＊

その頃、ある森で。

男達が息を切らして走っていた。

一人が弾んだ声で笑う。

「ハハハ、上手くいったぞ！　急げ！」

『わおおおぉぉぉ～んっ!!』

後ろから遠吠えが聞こえ、仲間が焦った顔をした。

「ちっ、もう気付かれたのか!? まずいぞ!!」

「せっかく手に入れたんだ！ 逃げ切ってやる！」

まだ日が昇り切らない深い森の中、男達は振り返らずに駆けて行った。

2章　森の異変

馬車に乗って朝早くから出発！　僕とお兄ちゃんの爆発した髪の毛は……半分だけ直りました。まだちょっとぼわっとしてます。馬車に乗ってすぐ、僕は外が見たいとアピールです。

「ぱ～ぱ、しょと」

「ああ、今のうちに見せておいた方がいいか。森に入ったらちゃんと座っててもらわないと、かなり馬車が揺れて危ないからな」

え？　そんなに揺れるの？　今もけっこう揺れてるのに。

窓を開けてもらって、昨日みたいにローリーと遊びます。遊んでたらパカパカと音がして、スプリングホースに乗ったアドニスさんが下がってきて、窓の所で止まりました。

「坊っちゃん、初めての馬車の旅はどうだ？」

「う～、にょお！」

「それは楽しいのかそうじゃないのか、どっちなんだ？」

片眉を上げるアドニスさんに、パパが馬車の中から答えます。

「アドニス、今のは楽しい時の反応だ」

「そうか、それは良かった」

すぐにアドニスさんは前の方に戻って行っちゃいました。アドニスさんがいなくなってパパが、僕が初めての旅だから、心配して様子を見に来てくれたって、ママとお話ししてました。それから、相変わらず子供好きだって。お兄ちゃんの初めての旅の時も、疲れてないかとか、具合が悪くなってないかとか、とっても心配してくれたみたいです。

優しくてカッコいいおじさんだね。何歳か分かんないけど。

少しして、パパがそろそろだって、僕をカゴに戻して窓を閉めちゃいました。もうすぐ森なのかな？　すると、前から声が聞こえます。

「旦那様！　森が見えてきました！」

やっぱりそうでした。でも……。

声が聞こえたその時、ローリーが大きなお声で鳴いたのです。パパが止まってくれって言って、すぐに馬車が止まります。それで閉めたばっかりの窓をまた開けました。

「どうしたローリー？」

『にゃにゃ、にゃぁ』

パパ達がお話を始めます。またパカパカと音がして、アドニスさんが再び僕達の所に。最初は馬車の中でお話ししていたパパは、途中から馬車から下りて、お外での話し合いに。どうしたのかな？

「街に一人送ろう」

「こっちにこのまま向かってきたら……」

「我々もすぐに離れた方が」

お話の全部は聞こえないけど、森から離れるってことかな？　森で何があったんだろう？　初めての森でドキドキしていたはずが、ソワソワしてきちゃいました。僕、まだこの世界のことを全然知らないから、これからどうなるのか予想もつきません。

僕がソワソワしていることに気付いたママが、抱っこしてくれます。それからカバンから絵本を出して、読んでくれました。お兄ちゃんも僕の手を握りながら、一緒に絵本を見ます。

窓の外では、パパ達の話がひとまず落ち着いたようでした。

「とりあえず、流れを止めるぞ。旅人をこれ以上進ませないように、部下達を立たせよう」

「我々もすぐここから離れ……」

アドニスさんにパパが答えようとしたその時――。

『にゃにゃにゃあ!!』

「まずい!!　急げ！」

ローリーの鳴き声に続いて、初めて聞くパパの怖い声がして、それから急いで馬車に乗ってきました。ママが絵本をしまって僕はカゴに戻され、パパがカゴと僕を一緒に抱きしめました。お兄ちゃんはママが抱きしめます。

「行きます！」

そう聞こえた瞬間、馬車が勢い良く動き出して、ギュンって回った感じがしました。みんな左側に寄っちゃいます。何々!?

ガタタタタタッ!!

今までカタカタ、カタカタ、と走っていた馬車が、とても大きな音を立てました。凄いスピードで走り始めたのが分かります。僕、ちょっと怖くて泣きそうになっちゃった。

「ふえっ!?」

「大丈夫だぞジョーディ。ちょっと速くスプリングホースが走ってるだけだからな。怖くないぞ」

僕の頭を撫で撫でしてくれるパパ。僕の大好きなニッコリなお顔です。ママの方を見ると、おんなじお顔をしていました。

それからパパがほらって、曲がった時に落ちちゃった、サウキーのぬいぐるみを僕に持たせてくれます。僕はサウキーをぎゅっと抱きしめて、それからパパにぺったりくっ付きました。

外から、早く逃げろとか、止まるなとか、いろんな声が聞こえてきます。多分、僕達の他にも道を通ってた人達が少しだけいたから、その人達に言ってるんだね。

何が追いかけてきてるのかな？　怖い魔獣とか悪い人達？　ママが読んでくれた絵本の中に出てきたの。

外からまた、ローリーの大きな鳴き声が聞こえました。

パパが険しい表情で窓の方を見ます。

「まずい！　追いつかれた！　私は外へ行く、ルリエット、君は子供達を」

「あなた、気を付けて！」

ママがそう言った時、馬車が止まりました。馬車の周りからいろんな鳴き声が聞こえてきます。

犬みたいな声と、ローリーみたいなネコっぽい声です。

パパが僕のことをママに渡しました。僕はサウキーと一緒に、今度はママにぎゅって抱きつきます。

パパが剣を持って、バンッて外に出て行きました。それからすぐに周りがしんって静まり返ります。何にも聞こえないの。さっきまでザワザワしていて、人の悲鳴も聞こえたし、あんなに煩《うるさ》かったのに。

でもまたすぐに騒がしくなりました。さっきよりももっとです。

「お前達！　何をした!!」

パパの怒鳴《どな》る声が聞こえました。

＊＊＊＊＊＊＊＊

私――ラディスが窓を閉め、ジョーディをカゴの中に座らせ、いよいよ森に入るとなった時、突然ローリーが止まれと声をかけてきた。馬車を止め、閉めたばかりの窓を開けて、ローリーにどうしたのか聞けば、複数の人間が魔獣の群れから逃げてこちらにやってくると。

『すべて赤だ』

それを聞いてまずいと思った私は、すぐに馬車を下り、アドニス達を呼ぶ。

『逃げているのは人間達だ。が、すべて赤だ。そして追っている魔獣。あれは怒りの反応の赤だな。

赤の種類が違う。おそらく人間達が何かしでかして、魔獣達に追われているんだろう』

ローリーは、広範囲の気配を探知する能力を持っている。まぁ、それ自体はそこまで珍しい能力ではないのだが、ローリーの場合、その探知能力がちょっと変わっているのだ。ちょっと、いや、かなり珍しい探知能力だ。

気配を探知するだけではなく、その気配が良いものか悪いものかも判断できるのだ。そしてそれはローリー曰《いわ》く、色で見分けられるらしい。時々分からないこともあるが、ほぼほぼ分かるという。

青は我々にとって害のないもの。赤は反対に脅威《きょうい》になるもの。先程ローリーはすべて赤だと言った。同じ赤でも種類があるようだが、何にしろ反応が赤なのはまずい。

私はアドニスや騎士と話し合う。

「街に一人送ろう」

「こっちにこのまま向かってきたら……」

「我々もすぐに離れた方が」

アドニスが騎士を一人、街へ向かわせる。今こちらに来ている者達や、これから街から来ようとしている者達を止めるためと、冒険者ギルドに知らせるためだ。

「とりあえず、流れを止めるぞ。旅人をこれ以上進ませないように、部下達を立たせよう」

部下に命令して戻って来たアドニスが言った。

朝早いとはいえ、ちらほらと旅人が森へ向かって進もうとしている。せめて彼らだけでも助けたい。もうすでに入ってしまった者達には気の毒だが、今の我々では、そちらにまで戦力を割いてはいられなかった。

「我々もすぐここから離れ……」

『まずい、スピードを上げたぞ。魔獣達が我々にも気付いた!!』

ローリーの言葉に慌てて命令を出す。

「まずい!!　急げ！」

私はすぐに馬車に乗り込むと、ジョーディをルリエットから受け取り、カゴに入れてカゴごと抱きしめる。マイケルのことはルリエットが抱きしめた。その瞬間御者《ぎょしゃ》が「行きます！」と言い、馬車が急回転する。

突然のことにジョーディが泣きそうになったが、私達が安心させるように笑いかけると、不安そうな顔はしているものの、何とか泣かずに静かに私にくっついてきた。

まさかジョーディの初めての遠出が、こんなことになるとは。まだ小さいジョーディの記憶には残らないだろうが、それでも楽しい旅にしてやりたかった。何も初めての旅で、こんな怖い思いをしなくても……。

馬車はどんどん加速し、どれだけ進んだか。このまま何とか逃げ切れればと思ったのだが、そう簡単にはいかなかった。

『囲まれるぞ！　回り込んできた奴らもいる！』

ローリーの声に、私は腹を括《くく》った。

「まずい！　追いつかれた！　私は外へ行く、ルリエット、君は子供達を」

「あなた、気を付けて！」

私はジョーディをルリエットに渡すと、剣を取り馬車から下りた。すでにかなりの騒ぎになっている。そして色々な方向から、魔獣達の唸り声が聞こえた。周りには逃げ切れなかった旅人と、冒険者の服装の男達が六人程。

私はローリーを見た。彼が頷く。そうか、この冒険者達が、追われていた奴等か。

冒険者達を見張っていると後方から、大きなダークウルフと、標準サイズのダークウルフが、私達に追いつき、続いて横の林から、さらにかなりの数のダークウルフが姿を現した。

ダークウルフ、かなり危険な魔獣だ。冒険者ギルドでAランクに指定されている。魔獣は強さに応じてランクが決められており、SSランクが最強で、次にS、A、B、C、Dと続き、最後がEランクだ。ちなみにローリーもダークウルフと同じ、Aランクに指定されている。

まさかダークウルフが追いかけてきていたとは。そんなことを思っていたら、ローリーが『まだだ』と言い、さらに身構える。

その言葉の後、ダークウルフ達が出てきた林から、何かが飛び出してきたかと思うと、ダークウルフ達とは反対の方へ展開した。

「ホワイトキャット……」

そこにはまたもやAランクに指定されている、大きなホワイトキャットと標準サイズのホワイトキャットがかなりの頭数で並び、私達を威嚇《いかく》してきた。

何故Aランクの魔獣達がこんなに。ダークウルフだけでも無事ではすまないのに、さらにホワイトキャットまでいたら……。

近くで護衛しているアドニスが息を呑んだのが分かった。そして私はといえば、無意識に冒険者達に怒鳴っていた。

「お前達！　何をした!!」

どちらの魔獣もめったに森の奥からは出てこない。まぁ彼らの仲間すべてがそうではないが、私達人間が余計な手出しをしなければ、そう簡単に襲ってこないのだ。

ローリーによれば、怒りの反応だと言っていたからな。この逃げてきた冒険者達が何かやったに決まっている。

黙ったままの冒険者達。この時私は、一番最悪の事態にだけはなってくれるな、と願っていたのだが、双方が睨み合いを続ける中、この馬鹿な冒険者達のせいで、それが現実になろうとしていた。

「くそ！　返せばいいんだろう！」

冒険者の一人がダークウルフの方へ、小さな麻《あさ》の袋を投げた。それを見た別の冒険者も、今度はホワイトキャットの方へと、やはり同じような麻の袋を投げる。

ホワイトキャットの方へ投げた麻の袋が投げた反動で開き、そしてダークウルフの方へ投げた麻の袋は、あの大きい――おそらく変異種であろうダークウルフが、牙で切り裂いた。

袋の中身がわかり、アドニスやクランマー、騎士達が冒険者達を睨みつけた。もちろん私もだ。中から出てきたもの、それはダークウルフの子供とホワイトキャットの子供だった。私の一番近くにいた冒険者が、袋を投げた仲間達に怒鳴り散らす。

「馬鹿野郎！　何勝手に返してるんだ！　これだけ人が、騎士がいるんだぞ。上手くいけばこいつらを囮《おとり》に逃げられたかもしれないのに！」

何処まで腐っているんだ。クランマーが、怒鳴った冒険者の首に剣を突き付ける。すると今度は言い訳を始めた。

「あの子供が親も連れずフラフラしていたんだ！　俺達は保護しただけ、子供をほったらかしにしていたあの魔獣達が悪いんだ！」

勝手なことを。子供を奪われた魔獣達がどういう行動に出るかなど、考えなくても分かるだろう。ただでさえどちらの魔獣も、家族だけではなく、仲間同士の絆《きずな》も強いとされている。群れ全体で子育てをするのである。

そんな魔獣の子供を攫《さら》ってくれれば、群れで追いかけてくるのは当たり前だ。いやそれよりも子供を親から奪うこと自体、あってはいけないのに。

まったく。馬鹿なことをしたこいつらがどうなろうが、私の知ったことではないが、私の家族や部下達、そして旅人を囮にして逃げようなど。

クランマーが冒険者の一人をけり倒した。

その瞬間だった。ダークウルフ達の一番近くにいた冒険者が急に倒れ込んだ。旅人達から悲鳴が上がる。見れば、倒れた冒険者の首より上がなくなっていた。そしてその後すぐ、後ろにいた冒険者も倒れて同じ状態に。

「ラディス！」

アドニスの声に振り返ると、ホワイトキャット達が私達の方へ近づいてきていた。旅人と私の家族が乗る馬車を中心に陣形を組み、剣を構える。

「オレ達も守ってくれ！」

「ちっ！」

アドニスが縋《すが》り付いてきた冒険者を払いのける。それを合図にしたかのように魔獣達が襲ってきた。こちらも一斉に攻撃態勢に入って迎え撃つ。しかしやはりAランク魔獣、そう簡単には倒せない。少しでも戦える旅人が加勢してくれてはいるが、未だに一匹も倒せていない。傷を負わせることはできても、致命傷を与えられないのだ。早く何とかしなければ。

視界の端に馬車を捉える。ジョーディとマイケルは大丈夫だろうか。泣いていないと良いのだが。私がそう考えた時だった。

「わあぁぁぁぁぁぁ!!」

冒険者の一人が悲鳴を上げた。そちらを見ると、冒険者の前にはあの大きなダークウルフがいて、今まさに闇の魔法を使おうとしているところだった。そして冒険者も逃げようと、魔法を発動する。

「まずい！　皆衝撃に備えろ!!」

冒険者の風魔法が暴走し始めた。おそらく恐怖で魔法が制御《せいぎょ》できなくなってしまったのだ。その暴走した魔法が、ダークウルフの闇魔法にぶつかる。

次の瞬間、大きな風の爆発が起こった。皆膝をつき衝撃に耐える。そしてその風はもちろんジョーディ達の乗る馬車も襲う。

ガタガタ……バリバリバリッ!!　ガシャアァァァァァンッ!!

馬車が大きな音を立てて横倒しになり、そしてその衝撃で屋根が壊れてしまった。その拍子に、馬車の中から何かが飛び出してくる。ジョーディのお気に入りの、私がプレゼントしたサウキーのぬいぐるみが、転がって出てきたのだ。

そして……、そのサウキーのぬいぐるみを追いかけて、ジョーディがハイハイをしながら出てきてしまった。

馬車が倒れたことによる怪我はないようで良かったが、今外に出てくるのはまずい。それはルリエットも同じ考えで、馬車の中から彼女のジョーディを呼ぶ声が聞こえた。

「ジョーディ!!　ダメよ!!」

私は走り出していた。走り出した私の横で、冒険者達がダークウルフとホワイトキャットに殺されていく。アドニス達は私に向かってくる魔獣達を追い払ってくれ、私は全力でジョーディの所へ走った。そしてもう少しというところで、風が吹いたかと思うと、ジョーディの前に、あの大きなホワイトキャットが立った。

こちらも変異種だろう、そいつがジョーディを咥えて持ち上げる。そんなホワイトキャットと目が合った。

連れて行かれる。

そう思った。何故か分からないが確信があった。

「ジョーディ!!」

ザキイィィンッ！　斬りかかった私の剣は地面に刺さり、ジョーディを咥えたホワイトキャットは一瞬で森の入口へと移動した。

その直後、残りのダークウルフとホワイトキャットも、森の入口へ移動する。そして私達が追いつく前に、彼等は森に入っていってしまった。

『オレが行く!!』

「ローリー！　頼むジョーディを!!」

ローリーがジョーディを追いかけ、森へ入っていった。

＊＊＊＊＊＊＊

「くそ！　返せばいいんだろう！」

馬車の中で座っていると、誰かの声が聞こえました。それからすぐ、また周りがとっても騒がしくなって。

外から色々な音が聞こえます。大きな音ばっかり。ガシャンッとかカキンッとか、それから魔獣達の唸る声や、ギャオッて叫ぶ声。あと人の声もたくさん聞こえるの。みんな叫んでて、たまにパパ達のお声も聞こえます。

「そっちに行ったぞ！」

「後ろ、気を付けろ！」

きっと魔獣達とパパ達が戦ってるんだ。パパ達のお声が聞こえて、ちょっと安心。でも大きな音のせいで、僕はまた泣きそうになっちゃいました。

「ジョーディ、ママの方を見て」

そう言われて、僕はママを見ます。すると、ママがカバンからクマさんを出して、それから小さな声でお歌を歌ってくれました。周りがとっても煩いから、小さいお声であんまり聞こえないはずなのに、ママのお歌はちゃんと聞こえて、僕はいつのまにかニコニコ笑っていました。

それからずっとお歌を歌ってくれていたママ。でも急に黙っちゃいました。どうしたの？

「わあぁぁぁぁぁぁ!!」

誰かの大きな叫び声が聞こえて、

「まずい！　皆衝撃に備えろ!!」

続いてパパの声が。ママが僕とお兄ちゃんのことをギュッて抱きしめました。次の瞬間。

ガタガタ……バリバリバリッ!!　ガシャアァァァァァンッ!!

馬車が物凄く揺れて、僕はママにしがみ付きます。でも馬車が傾いて、そのまま僕達も一緒に斜めになって、それで横に倒れちゃったんだ。

僕、ママの腕の中から転がっちゃいました。それでね、倒れた衝撃で馬車のお屋根が壊れて、僕の持っていたサウキーのぬいぐるみがお外に転がっちゃったの。ママはお兄ちゃんの上に乗っかっちゃって、急いで退《ど》いてます。

僕のサウキー!!　パパがくれた、とっても大切で大好きなサウキーが！

まだ歩くよりハイハイの方が速いから、僕はハイハイしてサウキーの所に行きます。それですぐにサウキーのことを抱きしめました。大丈夫？　何処も壊れてない？　調べようとしたら、

「ジョーディ!!　ダメよ!!」

ってママの声が。それから僕の周りが急に暗くなりました。

横を見たらパパが僕の方に走って来ていました。剣を持ってて、とっても慌てたお顔をしてるんだ。それから僕じゃなくて、少し上の方を見ていました。僕もそっちに目を向けると……。

『グルルルル』

目の前に大きな足がありました。ローリーより大きいです。少しずつ視線を上げていくと、大きなネコのお顔が。真っ白で大きなネコが僕の前に立っていました。僕はビクッとして体が固まります。

ネコがゆっくりお顔を近づけてきて、僕は目をつぶりました。

食べられる！　体を噛まれる感覚がして、ふわって体が浮き上がりました。パパが僕の名前を呼びます。

「ジョーディ!!」

風がビュウッと吹きました。

僕、これで終わりなの？　せっかくパパやママ、お兄ちゃんやみんなと家族になれたのに。もっとみんなと一緒にいたいのに。そう思ったんだけど……。

その後、またビュッ！って風が吹きました。噛まれてる?感覚はあるけど、全然何も変わりませ

ん。僕はそっと目を開けます。

あれ？　馬車があんなに遠くに見えるなんて。それからパパもとっても遠くにいます。パパだけじゃなくてアドニスさん達もとっても遠く。

『グルルルル』

『ウゥゥウゥウゥ』

横を見ると、たくさんのイヌ魔獣とネコ魔獣が立っていました。次の瞬間、パパ達が見えなくなって、僕の前には、森──それとも林？が見えて、ネコ魔獣は僕を咥えたまま走り出しました。

どんどん木々の中に入っていきます。

「ぱぁぱ！　まぁま！　⁉」

あっ！　僕、サウキーのぬいぐるみを落としちゃいました。

「うっ、うわあぁぁぁぁぁぁん‼」

大切なサウキーを落としちゃって、パパ達から離れちゃって、我慢できませんでした。顔を動かして、泣きながらパパ達がいる方を見ます。

その時、聞き慣れたお声がしました。

『にゃあ‼』

ローリー⁉　ローリーいるの⁉　何処‼

僕のことを咥えたまま走るネコ魔獣。走っているのに馬車みたいにガクンガクンと揺れないから、周りがよく見えます。なんか、僕のことをそっと咥えてくれてる？　気のせいかな？

ローリーの声はずっと聞こえているのに、なかなか何処にいるか見つけられなくて、でも、

『にゃあ‼』

今までで一番大きな声が聞こえた時、後ろの方にローリーが見えました。

「リー！」

良かった、ローリーが来てくれた！　僕は嬉しくて、泣いていたのに今はニコニコです。ローリーが僕のことを見て、またにゃあって鳴きます。それからニッコリ笑いました。

僕ね、魔獣達のお顔が分かるんだよ。喜んでる時のお顔、寂しい時のお顔、嫌な時のお顔、ちゃんと分かるんだ。今のローリーは、嬉しい時のお顔です。

ローリーが来てくれたなら大丈夫だよね。きっとパパ達の所に帰れるよね。ちょっと安心したら、まぶたが重くなってきちゃいました。大丈夫、大丈夫。

ネコ魔獣が何で僕のことを咥えて走ってるのかは分かんないけど、早くパパ達の所に帰りたいなぁ。


『にゃうにゃ』

『ワウワァ』

『ニャウウゥ』

う〜ん、煩い。誰？　僕の周りで鳴いてるの。僕はそっと目を開けました。それでビックリ、目の前に大きな黒いお尻があったの。

「うにゅ？」

思わず声が出ちゃったよ。だってお尻だよ。お尻？

『ニャウニャウ！』

『ワウワウ』

僕の横でイヌさんとネコさんの声が聞こえました。声のした方を見たら、可愛い黒いイヌさんと白いネコさんがいたんだ。僕よりも小さいの。

イヌさんとネコさんが走って行きます。すると今度は、黒いお尻が動いて振り返りました。それはローリーでした。

僕、どうしたんだっけ？　馬車に乗ってじぃじのお家に行くのに、もうすぐ森に入るところで？

ローリーが自分のお顔を近づけてきて、僕の顔にスリスリしてくれます。僕はそっと起き上がりました。パパ、ママ何処？　僕起きたよ。いつもみたいに抱っこして？

僕はパパとママを探して、周りをキョロキョロ。周りは木ばっかりで、他に何もありません。それからパパもママも、騎士さん達も誰もいなくて、いたのは沢山のイヌ魔獣とネコ魔獣でした。

魔獣を見て思い出しました。そうだ僕、ネコ魔獣に咥えられちゃって、森か林の中に連れてこられちゃったんだ。それでローリーが追いかけて来てくれるのが見えて、そのまま寝ちゃった？

思い出したら怖くなっちゃって、僕はローリーの足にしがみ付きます。それでチラッとローリーのお顔を見ました。

ローリーは僕のことを見て、優しくニッコリしました。ローリーがこのお顔をしているなら、この魔獣達といても大丈夫ってことなのかな？　それとも僕を安心させてくれようとしているだけで、本当はダメだったりして。

色々考えていたらローリーが後ろを振り向こうとしたので、僕は慌てて腕にしがみ付きます。僕がくっ付いていているせいで動けないローリーが、しっぽをもぞもぞとさせました。それで、しっぽで僕の方に何か飛ばしてきたの。

「しゃうきー!!」

ローリーが飛ばしてきたのは、僕が落としちゃった大切なサウキーのぬいぐるみでした。片方の手はローリーの腕を掴んだまま、もう片方の手でサウキーを抱きしめます。ローリーが拾ってきてくれたの？　ローリーのお顔を見たら、さっきよりもニコニコしています。

「あちょ！」

僕はサウキーを抱きしめたままニコニコです。ニコニコしてたら、僕のことを咥えたネコ魔獣が近づいて来ました。ネコ魔獣から見えないように、急いで高速ハイハイでローリーの後ろに隠れます。

『にゃうにゃ』

『にゃうにゃう』

二人が何かお話ししているけど、全然分かりません。パパがいたらローリーの言葉だけでも分かるのに。

ネコ魔獣をローリーの後ろからちらちら見てたら、向こうの方から大きなイヌ魔獣も近づいて来て、ワウワウ一緒にお話を始めました。三匹のお話はなかなか終わらなくて、他の魔獣達も集まって来ちゃって、にゃあにゃあ、ワウワウ。……煩い。

「ちゃいの！」

思わず声を上げたら、魔獣達が首を傾げました。

『にゃうにゃあ？』

『ワオン？』

だから煩いんだってば。僕、煩いって言ったんだよ。

舌が回らず、ちゃいの、ちゃいのと言っていたら、さっきの小さいイヌさんとネコさんがまた僕のお隣に来て、一緒に鳴き始め……もっと煩くなっちゃいました。その時、

『にゃおぉぉぉ!!』

『わおぉぉぉん!!』

いきなり大きな声が響き渡りました。僕もローリーも魔獣達もみんな、声のした方向を見ます。

そこには、今僕とローリーの前にいる大きい魔獣よりももっと大きい、イヌとネコの魔獣がいました。

魔獣達が僕達から離れて、お座りして静かになりました。みんなが静かになったら、さっきの大きな魔獣二匹が近づいて来ました。ローリーの三倍はあります。二匹は僕達の前に来ると、みんなと同じようにお座りして、それからローリーに話しかけました。

僕はまたちらちら、三匹の様子を見ます。

少しして、お話が終わったのかな？　二匹が立ち上がって、僕の方に寄ってきました。僕はローリーの体にしがみついちゃいます。

近づいて来た二匹は僕に何かお話ししてきました。

「にょ？」

『にゃう？』

『ワオン』

イヌ魔獣が、僕のおでこに自分のお鼻をくっつけます。そしたら急におでこのところが光って、でもすぐに消えました。

『どうだ？　これで言葉が分かるじゃろ？』

「にょ？」

今お話ししたのは誰？　僕はキョロキョロ周りを見ます。

『ワシだ。ワシが魔法を使って、我らの話が分かるようにしたんじゃ。お主の前にいる魔獣じゃよ』

目の前にいるイヌ魔獣がニッコリ笑いました。僕、もしかして魔獣とお話ししてるの？

『私の言葉もちゃんと分かっておるかの』

僕がビックリしていたら、今度はおばあさんの声が聞こえて、ネコ魔獣が近づいて来ます。

『ジョーディ、オレの言葉も分かるか？』

次は誰の声？　僕は周りをキョロキョロ。

『よし、きちんと聞こえているな』

僕はバッとローリーのお顔を見ます。ローリーがニコニコ、ううん、ニヤニヤ僕のことを見ています。

『今までずっと側にいたのに、ラディスとしか話せなかったからな』

カッコいい声、これはローリーの声なの？　ふわわ、ふわわわ！　凄い凄い!!　僕、みんなとお話しできるようになったんだ！

「にょおぉぉぉぉぉぉ!!」

『にょおぉぉぉ？』

イヌのおじいさん魔獣が不思議そうに言いました。

『ああ、これはジョーディが嬉しい時に話す言葉だ。オレ達と話せて嬉しいんだろう』

だってローリー達とお話しできるんだよ。パパは契約すればお話ができるようになるって教えてくれたけど、僕が契約できるようになるまで、何年かかるか分からないもん。それなのにもうお話しできるなんて。それに……魔獣さん達の声、とっても優しい。全然怖くありません。

『すまんかった、可哀想《かわいそう》なことをしたの、親から引き離すなど』

『まったくじゃ。図体《ずうたい》ばかり大きくなりおって』

二匹がさっきローリーとお話ししてた二匹のことを睨みます。僕を連れて来たネコ魔獣達のことね。そしたら二匹とも、アゴまで地面につけて「伏せ」をしちゃいました。なんか可愛い。

おじいさん魔獣が二匹の所に行って、頭をぱしぱし前足で叩きます。それから最後に、しっぽで顔をパシンッてしました。

『ほれ、謝らんか』

二匹が立ち上がって、僕の方に歩いてきます。それで僕の前まで来たら、また伏せをしました。

『すまん、悪かった』

『頭に血が上っていたのだ』

『おい、ジョーディはまだ小さな子供なんだ。もっとお前達の子供に話しかけるように話せ』

ローリーが横から注意します。

うん、僕はたまたま分かるけど、まだ小さい子供だもんね。普通、頭に血が上るなんて言葉分かんないよ。

ネコ魔獣がまた謝ります。

『そうか、そうだな。悪い奴のせいで怒っていたんだ。それでお前を連れてきてしまった。すまん』

怒ってたのは分かったけど、どうして怒ってるからって、僕を連れてきたの？　ローリーはその理由を知ってるみたい。まったくだ、って怒ってます。

ローリー達がお話を進めているのを見ていたら、僕のお腹がぐ～って鳴りました。みんなが僕を見て笑い始めます。小さい子供魔獣は飛び跳ねながら、ぐ～ぐ～と言って僕のマネをして、それから自分達もお腹空いたって。

おじいさん魔獣がローリーに、また後でお話ししよう、僕のことを運んで来いって言いました。

ローリーがいつもみたいに、僕のお洋服を咥えておじいさん魔獣の後ろをついて行きます。みんなも後ろからついて来たよ。

少し歩いておばあさん魔獣が止まって、草がいっぱい生えている所を手で指しました。もしおしっこしたかったら、今のうちにあの草むらでしなさいって。

どうしよう、僕はまだ一人でおしっこできないです。お洋服も着たり脱いだりできないの。全部中途半端になっちゃうんだ。ボタンを留めるのなんて絶対できないし。手が上手に動かないんだ。

でもおばあさんがおしっこって言ったから、なんだかしたくなってきちゃったよ。僕はローリーにチラチラと視線を送ります。

『ん？　どうした？　おしっこなら言われた通りそこで……ああ、そうか。どうするか？』

ローリーは分かってくれたみたい。おばあさんとおじいさんが事情を聞きに来ました。ローリーが、僕が一人だとおしっこできないこととか、お洋服のこととか説明してくれます。

『そうか、おしっこなんかは、他の魔獣達に気付かれるとまずいからの、浄化《じょうか》してしまおうと思ったが、人間が身につけている物のことまで、詳しくは知らなんだ』

『そのままさせても良いが、その洋服とやらまで綺麗にできるかどうか』

え〜、そのままって……お洋服脱がないでするってことよ!?　それよりも今なんて言ったの？　浄化って言った？　浄化って何？　僕はローリーに聞いてみます。

「かぁ？」

『かぁ？』

もう。ローリーまでかぁ？って言わないで。浄化のかぁだよ。よしもう一回。

「かぁ、かぁ」

『鳥のマネか？』

鳥さんのマネじゃないったら。この世界にカラスがいるか分かんないけど。浄化だよ浄化！

「ん～、じょか!!」

『ああ、浄化のことか。そうか、ジョーディは浄化の魔法を見たことがなかったな。ラディス達も使えないしな。浄化っていうのは、綺麗にする魔法だぞ、分かるか？』

ふぃ～、やっと分かってくれたよ。

ローリーが頷いて、それからおばあさん魔獣に、見せてやってくれないかって頼んでくれました。おばあさん魔獣は、子供のネコさんにおしっこしろって言います。別におしっこじゃなくてもいいと思うんだけど……。何処か汚れてる場所とかない？

結局、ネコさんが近くの木におしっこしました。ちょっとくちゃいです。それで終わったらすぐにおばあさんが近づきます。体が光り始めて、その光が頭の前の方に移動すると、最後におしっこした所がポワって光りました。

光が消えたらローリーが僕を、子供のネコさんがおしっこした所に運びます。あれ？　そういえばもうくちゃくないね。ローリーが僕を下ろして僕はクンクン匂いを嗅《か》いで、それからちょんって草を触ってみます。

『あのねぇ、もう綺麗だから、食べられるよぉ』

ネコさんが草をパクッ、とお口に入れちゃったんだ。

わわ!? 食べちゃって大丈夫? 匂いもしないし、おしっこのあともないけど……。むしゃむしゃ食べるネコさん。イヌさんも来て一緒に食べ始めました。それから僕に『はい』って、草をちぎって渡してくれました。う～ん、大丈夫? 僕はローリーのお顔を見ます。

『その草は人間が食べても大丈夫な物だ』

ローリーはそう言って、僕のもらった草を食べちゃいます。それを見て、イヌさんがまた草をくれました。みんなが大丈夫なら……。パクッ!! モグモグ。うーん、これは草の味?

『ねっ!』

僕がおしっこしてもこれで大丈夫。おばあさん魔獣がうんうん頷きながら言いました。大丈夫なのは分かったけど、お洋服が問題なんだよ。

『ジョーディ、オレが手伝ってやるから洋服を脱げ。もし洋服が浄化できないと大変だ。汚してから試してダメだったら嫌だしな』

色々ローリーが言ってます。それで僕はお洋服を脱ぐことになったんだけど、脱ぐのはズボンとパンツだけね。でもそれが大変なんだよ?

まず上のお洋服のボタンを外して、ズボンを脱ぎやすいようにしてから、次にズボンのボタンを外します。あとは何とかパンツまで脱いだらおしっこして、今度はお洋服を着なくちゃ。

ローリーと一緒に、一生懸命ボタンを外そうとします。

「リー、のぉ!」

ビックリしちゃいました。ローリーね、お鼻と前足で上手にちゃちゃっちゃって、ボタンを外しちゃったんだ。僕は何もしないで終わっちゃったよ。

それから僕にお座りしろって言って、ズボンを噛んで引っ張って脱がしてくれました。ここまでとっても早かったです。

すぐに木の所に行っておしっこして、おばあさん魔獣が浄化してくれました。うん、これでおしっこはもう大丈夫。次は脱ぐより大変。お洋服を着なくちゃいけません。

またお座りして、まずはパンツから。足を入れたら立ち上がって、ローリーが前から、僕のことを連れてきたネコ魔獣が後ろから、パンツを引っ張って上げてくれました。よしパンツは成功！

次はズボン。ズボンもパンツとおんなじ方法で穿《は》いて、これも成功です。

あとはボタンだけ。でもやっぱり一番難しかったです。最初自分で頑張って留めようと思ったんだけど、ボタンが穴に入らなくて……。

「む～！」

『まてまて、もう少し頑張れ。オレも手伝う』

ローリーも一緒にやってくれたけど、穴に入ったと思ったら横にずれちゃったり、下からじゃなくて上から入ったり。

でも何とか、けっこう時間がかかったけど、やっと全部のボタンがつけられました。つけられたのかな？　ボタンが一個余ってるけど？

「む～……」

『ジョーディ、そんな顔をするな』

ローリーはそう言うけど、なんか変な感じがするんだもん。

『ふう、人間は面倒くさいのう。ほれ、移動するぞい。次はご飯だ』

シャツがズボンから出たまま、ローリーが僕のお洋服を咥えて、また歩き始めました。何処を見ても大きな木ばっかり。他に本当に何もありません。

どんどん歩いて行って、ちょっと木が少ない場所に着きました。そこには洞窟《どうくつ》があったんだ。

『待っとれ、すぐに木の実や果物を準備させる』

おじいさん魔獣がそう言うと、他のイヌ魔獣やネコ魔獣に何かお話しして、魔獣達が洞窟に入って行きました。そしてすぐに出てきた魔獣達。お口に何か咥えています。そのまま僕の前に来て、それを置きました。

木の葉っぱで何か包んであるの。上手に包んであるんだよ。僕がちょっとだけその葉っぱをつんつんしたら、ローリーにダメって言われちゃいました。

ローリーが葉っぱを開いてくれたら、中から木の実と桃みたいな果物が出てきて、とっても良い匂いがしました。おばあさん魔獣がどんどん食べなさいって言ってくれます。

「ちゅ！」

いただきますをして、桃みたいなやつを齧《かじ》ろうとしたんだけど、大きいから全然食べられません。ローリーが僕の手から取り、爪でヒョイヒョイって皮をむいて、小さく小さく切ってくれました。

僕が喉に詰まらせないようにしたんだね。ありがとうローリー。

早速、それを口に入れます。

「みにょう！」

美味しい！　こんなに美味しい果物、僕初めてだよ！　味はりんごみたいで、ジュワッてジュースが出てきて。

『ローリー、「みにょう」とは何じゃ？　笑っているから不味くはないということじゃろうが』

『ああ、今回のは、ビックリするくらい美味しかったってことだ』

『「みにょう」でそこまで分かるのか？』

『ずっと側にいるからな』

果物が終わったら、次は木の実です。もし喉が渇いても、また果物を食べればジュース代わりになるし。

黄色の小さな木の実を食べてみました。僕の手にちょうど載る大きさです。パク、モグモグ。これもとっても柔らかくて、バナナみたいな味がして、凄く美味しかったです。

それから今度は紫の木の実。りんごくらいの大きさで、これもローリーが切ってくれました。食べた木の実は、柔らかかったから全部食べられます。

美味しくてどんどん食べちゃう僕。食べながら周りを見たら、他の魔獣達もいろんな所で、ご飯を食べていますす。でも僕と違うのは木の実以外に、お肉も食べていたこと。それって何のお肉？

食べている最中の僕のお隣に、小さなイヌさんとネコさんが近づいてきてお座りしました。二人とも木の実を持ってきています。

『あのね、僕達は小さいから木の実と果物なの』

『赤ちゃんの食べ物は柔らかいやつ。パパ達が食べてるのは大人の食べ物なんだぁ』

『おいし？』

「ちぃ！」

『僕達も美味しいよ。みんなで美味しいと嬉しいね』

「みゃあ！」

僕も嬉しいねって答えました。

『ねぇ！』

おお、ちゃんと分かってくれた！　僕達のお話を聞いてたおじいさん魔獣達が、不思議そうに言います。

『子供達は何故アレで、会話ができとるんじゃ』

おじいさん魔獣達はダメダメだね。

たくさんご飯を食べた僕。ローリーに寄りかかって、イヌさんとネコさんと一緒にゴロゴロしていたら、いつの間にか寝ちゃってました。

＊＊＊＊＊＊＊

気付くとオレ、ローリーの隣で、ジョーディと魔獣の子供達が眠っていた。起こさないように気

を付けながら、寝やすいように体の角度を変える。

そしてそんな子供を見て、親である変異種の魔獣達が近づいてきて、自分の子供の顔を鼻先で撫でた。

『おおばあ様、やはりだめか？』

『じい様も変わらないか？』

村の長《おさ》の魔獣とオレ達を残して、皆離れていく。皆がいなくなったのを確認して、二匹の長は近づいてくると、子供魔獣達の匂いを嗅ぐ。そして頭を横に振った。

『だめだ。やはり匂いと気配が染みついてしまっている。もう群れには置いてはおけない』

『この匂いのせいで、他の魔獣から狙われる可能性もあるでの。やはりだめじゃ』

二匹の親魔獣が寂しい表情をして俯《うつむ》いた。そんな二匹を見ながら、オレは追いかけて行った時のことを思い出していた。

ジョーディが攫われ、慌てて飛び出したオレは、途中でジョーディの落としてしまったサウキーのぬいぐるみを見つけ、しっぽで掴みそのまま魔獣達を追いかけた。

少しの間走り続け、魔獣達が止まったのが分かり、これはまずいと思い必死に走った。ジョーディが殺されてしまうと思ったからだ。

しかし現実は違っていた。追いつくとあの長達に叱られている親魔獣がいた。そしてその横では、気を失っているジョーディが、ふかふかの葉っぱの上で眠っていた。

オレが近づくと皆がよけて道を作り、オレはすぐにジョーディの所へ。ジョーディはまったく怪我をしていなかった。

『まったく、馬鹿な人間のマネなぞしおって。子供を連れ去ってくるなど』

『だが最初に子供を攫ったのは人間達だ。俺達は同じ思いをさせてやろうと』

『その子供の家族は関係ないだろう。こんなことをして、我らの品格を落とすつもりか』

オレは静かに、だがいつでも逃げられるように、長達の話を聞いていた。

やっと話が終わると、長達が近づいてきてジョーディの体を調べ、何処も怪我をしていないか魔法で確認をし、頭を下げてきた。

それから今日はもうすぐ夜になるからと、このまま魔獣達の縄張《なわば》りに泊まり、明日ジョーディを連れて帰れば良いと言ってくれた。

オレとの話が終わると、次は魔獣の子供達を調べ始めた。そして頭を振って、子供達は群れに戻せないと言ったのだ。もちろん親も仲間の魔獣達も反論した。可愛い子供達だ。オレもどうしてそんなことを言うのかと思ったが。

子供達にあの馬鹿な冒険者達の人間の匂いと、悪意の匂いが染み付いてしまっているという。人間の匂いがついてしまっているだけでも、森で暮らす生き物にとっては、そこに獲物がいると教えているようなもの。そして悪意の匂いは、争いを招くものなのだと。

そしてこの匂いは悪意が強ければ強いほど、染み付いて取れないらしい。

どうしても納得できなかった親魔獣が、目覚めたジョーディにご飯を食べさせ、また眠りに就いたらもう一度、匂いを調べてくれと言った。そして今……。

『子供達だけを群れから出すことはできない。俺の大事な子供だ』

『オレも同じだ。この子が群れから出されるなら、オレも一緒に群れを出る』

ダークウルフの父親、そしてホワイトキャットの父親の決意は固いようだ。

『子供達を連れ、そう長くは生きられんぞ』

『いっそこの場で……』

長達の厳しい意見を、父親達が遮《さえぎ》る。

『ダメに決まっているだろう！』

『そんなことは絶対にさせない！』

その強い言葉で、ジョーディが起きそうになってしまった。すぐに黙る魔獣達。ジョーディはう～んと言って少し動くと、近くで寝ている子供魔獣達の手を握り、またすぅすぅ寝始めた。

その時だった。微《かす》かにジョーディの体が光り、次いで子供魔獣が光った。その光はすぐに消えてしまったが、オレ達は驚き動けなくなってしまった。

そして最初に動いたのはダークウルフの長だった。先程のように子供達の匂いを嗅ぐ。そして驚きの声を上げた。

『匂いが少し収まっておるじゃと!?』

急いでホワイトキャットの長も匂いを嗅ぐ。

『本当じゃ。まさかこの子供が』

皆がジョーディを見る。確かにジョーディが魔法を使ったように見えたが……しかしまだジョーディは赤ん坊。魔法を使えるわけがない。

『すまんが調べさせてもらうぞ』

今度はジョーディの額に鼻をつけて、何かをし始めたダークウルフの長。少しして、そうかそうかと言いながら何回も頷いた。

『この子供、女神の加護を持っている。まだ幼く魔法は使えないが、もしかしたら無意識に悪意を感じ取り、浄化の魔法を発動させたのかもしれん。しかも女神の加護による浄化だ。我々の浄化とはレベルが違う』

『では、子供達は！』

希望が見えたことで、またもめだした。もっとジョーディが魔法を使えば子供が群れに残れるとか、何とかもう少しジョーディにここにいてもらえないかとか。だが、すべて長達に止められてしまった。幼いジョーディが魔法を使うのは、命に関わるとても危険なことだからだ。そんなこと、オレだって許さない。

『諦めるんじゃ。少しでも浄化されたのだ。少し長く生きられるかもしれん』

『そんな!!』

ダークウルフの親が悲痛な声を上げた。

オレはジョーディと子供達を見る。手を握り、ニコニコしながら眠るジョーディ。子供達の方も可愛い寝顔で眠っている。こんな可愛い子供達が、あの馬鹿な冒険者達のせいで、過酷な運命を背負ってしまうとは。

少しの間オレは考え、そして親魔獣達に、ある提案を持ちかけた。

＊＊＊＊＊＊＊

「旅人達の避難を。それから冒険者ギルドに今回の話を伝えて、手の空いている上級の冒険者を連れてきてくれ！　残りの者はここにテントを張れ！　ここに臨時の陣営を張る！」

「おい、あいつらはどうする」

アドニスが私――ラディスに、魔獣に殺されはしなかったが腰を抜かして座り込んでいる冒険者達の処遇を尋ねてくる。その目は彼らを睨みつけていた。

「その辺の木にでも括り付けておけ。もしかしたらそれを見た魔獣達が戻って来るかもしれん。その時にジョーディも……」

「分かった」

ジョーディのことはローリーが追いかけて行った。大丈夫、大丈夫なはずだ。そう自分に言い聞かせ、私はルリエットの元へ。

彼女は今にも森の中にジョーディを探しに行こうとして、クランマーに止められている。ルリエットの隣には、その洋服を握りしめているマイケルが。その目には涙が溜まっていた。

「すぐに追いかけないと！」

「ルリエット！」

「あなた、早く追いかけましょう！　今から行けば追いつくかもしれないわ」

「何処をどう追いかけるつもりだ。私達にそんなことはできない。今ローリーが追いかけてくれている。ローリーが戻って来るまでここで待ち、ここに陣を張り、あとのことに対応できるようにしておかなければ」

私の言葉に、ルリエットがしゃがみ込んで泣き出してしまった。そんなルリエットと、さらに目に涙を溜めるマイケルを一緒に抱きしめる。

馬車も壊れてしまったし、本当は、旅人達と一緒に今朝来た街へ避難してもらおうと思っていたのだが、この様子では……。それに、泣きやんで落ち着いた後に、勝手に森に突撃されても困るからな。ここに一緒に残っていてもらった方が安心だ。

私がルリエットをなだめている間に、アドニスの部隊に所属しているロジャーとスチールが、ルリエットとマイケルのためのテントを張ってくれた。

トレバーとレスターが、壊れた馬車の中から使えそうな物を取り、ジョーディ達のために持ってきていたカバンも取り出してくれた。それから荷馬車からクッションなどを運び入れ、ベルがルリエットとマイケルを連れて、テントへと入る。

それを確認した私は、トレバーとレスターに、森の様子を見てきてくれと頼んだ。

その後、アドニス達や、騒動に巻き込まれたがここに残ってくれた旅の冒険者達のおかげで、夕方までにはかなりしっかりした陣営が完成した。そしてその頃には、駆け付けてくれた街からの冒険者も到着し、これからのことについて話し合うこともできた。

ちなみにこの話し合いが行われるまで、ルリエットが三回程、森へと突撃しようとしたのを、全力で止めることになった。戦闘服に着替え剣を持ち、テントから出てきたルリエット。その後ろではマイケルが元気良くルリエットを応援している。

「ママ、頑張って!!」

「ふふ、ママ、絶対ジョーディを見つけるわよ！　ね、ベル！」

「はい！　奥様！」

ルリエットの隣にはやはり戦闘服に着替えて剣を持っているベルの姿が。ルリエット、君達の得意なものは剣ではなく魔法だろう、などと心の中でツッコミながら、トレバー達がいないため、アドニス達と全力でルリエット達を止めた。トレバー達がいればもう少し上手く抑えられるのだが。

そんな中、トレバー達が戻って来た。

「足跡は少し行った所で途切れておりました。あとは手掛かりになるような物は何も」

「一つだけ、ローリーの足跡が一瞬止まり、何かした形跡がありましたが」

「それから魔獣達が潜んでいる気配もありませんでした。あのレベルの魔獣ですから、もしかしたら上手く隠れているかもしれませんが、我々を襲ってくることはありませんでした」

「ご苦労」

さて、これからどうするか。このままここでローリーが帰って来るのを待つか。ルリエットにはローリーが追いかけているから待てと言ったが、やはり追いかけるか。

皆で話し合った結果、もう少しだけローリーを待ってみようとなった。もう夜になり、こんな暗い中、森へ入るのは危険だというのが大きな理由だ。ローリーが夜明けまでに戻って来なければ、行動に移すことになった。

私とて早くジョーディを探しに行きたいが、これが一番良い方法だろう。我々が暗くて上手く動けないところを、夜行性の魔獣に襲われたら、ジョーディを助ける以前の問題だ。

ルリエットが渋々従い、マイケルの待つテントへ戻っていく。すまないルリエット。

私はジョーディが連れ去られた森を見る。ローリーが無事にジョーディと会えていれば良いのだが……。

＊＊＊＊＊＊＊

「ふわぁ～」

『くあぁ～』

『みにゃぁ～』

おはようございます。僕は小さなイヌさんネコさんと一緒に、大きな欠伸《あくび》をして起きました。そしたら周りでワウワウ、にゃうにゃう、と魔獣達が僕達のことを見て何か言ってます。僕が寄りかかってたローリーが伸びをしながら立ち上がって、

『にゃうにゃぁ』

って。どうしたのローリー、おしゃべりは？　昨日お話しできたでしょう？　僕の隣にいたイヌ

さん達もワウワウ、にゃあにゃあ。全然言葉が分かりません。おじいさん魔獣が近づいて来て、僕のおでこにお鼻をつけて、光らせました。

『魔法が切れたのじゃよ。これで分かるじゃろう』

あっ、そうか、魔法でお話しできるようにしてもらったんだっけ。そうかあの魔法、ずっとは効かないんだね。もし僕がお家に帰っちゃったら、ローリーとお話しできなくなっちゃうんだ。ちょっとだけ寂しいなぁ。それよりも、僕はお家に帰れるのかな？

それから、お話しができるようになって分かったけど、周りの魔獣はどうしてみんな笑ってるの？

僕がキョロキョロして、みんなに笑われてムスッてしていたら、

『ふっ、皆ジョーディと子供達が、兄弟みたいだと言っているぞ。分かるか？』

とローリーが教えてくれました。

兄弟みたい？　さっき僕達一緒に欠伸したでしょう？　それがそっくりで、僕達が兄弟みたいだって笑ってたみたい。兄弟みたい……、えへへ、なんか嬉しいね。

朝のご飯も昨日とおんなじ、木の実と果物です。ご飯を食べたら、今度はおしっこの時間ね。昨日と一緒で、お洋服を脱ぐのは結構簡単なんだけど……。着るのが大変です。あっ、ほらまたボタン一個余っちゃった。それになんかごわごわしてて気持ち悪い。ムスッ。

『ハハハハハッ！』

『クククククッ』

またみんなが笑い始めました。

「なぁ～の？」

『ああ、今度はジョーディのムスッとしてる顔が面白いと笑っているんだ』

僕、真面目にムスッとしてるんだよ。ごわごわしてて気持ち悪くて。

僕は土を掴んであっちに投げたり、そっちに投げたり。小さいからそんなに飛ばないけど、イヌさんとネコさんが面白そうって言って、一緒に前足で土を飛ばしてくれて、みんなが僕達から少し離れました。

お着替えが終わって、これからのことを話す時間です。あのね、これから僕はローリーとパパ達の所に帰るけど、小さいイヌさんとネコさん、それから二人のお父さんも、僕達と一緒にパパ達の所に行くんだって。それで一緒に暮らすんだって。

いつそんなの決まったの？　僕達が寝てた時？　イヌさんもネコさんもビックリです。

『ボク、人間きらい。ジョーディは好きだけど』

『僕も』

ネコさんが口を尖らせるとイヌさんが頷きます。お父さん魔獣が二人に言い聞かせました。

『いいかお前達、よく聞きなさい』

『今お前達の体の中に、あの冒険者達のせいで、悪い虫が入っちゃったんだ』

『悪い虫!?　大変！　ボクお腹痛い痛いになっちゃう？』

『頭、痛い痛い？』

え？　そんな悪い虫がお体に入っちゃったの？

『痛くはならないが、他のみんなに移るといけないからな。移らないように、そしてその悪い虫を消すために、お前達は私達と一緒に、ジョーディの家に行かないといけないんだ』

僕はローリーのことを見ました。ローリーがうんって頷きます。僕のお家に治るお薬があるのかな？

ネコさんが不安そうに僕を見ます。

『でも……ジョーディは大丈夫だけど、他の人間、ボク達をいじめない？』

「にゃにょぉ！　ぱ～ぱ、ま～ま、に～、ちゃいの！」

大丈夫だよ。パパもママもお兄ちゃんも、それからトレバーもレスターもベルも。お家にいる人、みんな優しいよ！　僕は上手にお話しできなかったけど、僕が言ったことをローリーがそのまま訳してくれました。

イヌさん達は本当？って言ってます。うん。ほんとだよ。みんなとっても優しくて、たくさん遊んでくれて、たくさん撫で撫でしてくれて。僕のとっても大好きなパパ達だよ。

それからもお父さん魔獣達はイヌさん達とたくさんお話をしました。ローリーもたくさんお話ししました。

長い時間話した後、イヌさん達は分かったって言って、僕のお家に行くことになりました。良かったぁ、これでお体に入っちゃった悪い虫を消せるんだよね。

どのくらいで治るのかな？　治るまで一緒に遊んでもいいのかな？

「リー、しょぶ？」

『ん？　ああ、うちにいる時は遊べるぞ』

やったぁ！　僕はパチパチ手を叩いて、イヌさん達は僕の周りでジャンプします。

「にゃの？　ぱいよぉ！　にゃのぉ、たぁ！」

今言ったのは、「何して遊ぶ？　いっぱい遊ぶ物あるよ。それから、魔獣のお友達もいるよ」って内容。

『ほんと？　ジョーディは何が好き？』

「んにょぉ……ぐりゅみ！」

うんと、ぬいぐるみ！

『ぬいぐるみってそれ？』

ネコさんがサウキーのぬいぐるみを指します。そう、これ。お家にはもっとたくさんあるよ。僕はおもちゃのことも説明します。

『本当に何故アレで会話ができる？』

『子供にしか分からんのじゃろう』

おじいさん魔獣達はやっぱり僕の言葉が分からないみたい。

そうだ！　大切なこと忘れてた！　僕がお家に帰っちゃったら、おじいさん達の言葉が分かる魔法がないから、もうお話しできない。どうしよう。僕は何とかそのことをローリーに伝えようと試みます。

「にゃち、ないない」

『？』

さすがのローリーでも今のは分からなかったみたい。代わりにイヌさん達が通訳してくれました。

おかげで僕が言ってることが分かったローリー達。おじいさんとおばあさんが、お父さん魔獣達の前に立ちました。

『お前達二人に、この魔法の使い方を教えてやろう』

『本来なら、もう少し後に引き継ぐつもりでいたのじゃが……そう、おぬし達に長の座を譲る時に教えようと思っとったんじゃ』

『が、そうも言っていられん状況じゃからな。子供達も話ができなくなるのは寂しいじゃろうて』

僕に魔法を使った時みたいに、お父さん魔獣達のおでこにお鼻をくっ付ける、おじいさん達。

やっぱりぽわって光り始めたけど、今度の光は青色でした。僕の時は白だったんだ。それに僕の時よりも長く光ってます。

やっと光が消えて、お父さん魔獣達がおじいさん達にお辞儀しました。今ので、おじいさん達がお父さん達に魔法の使い方を教えたんだって。これで僕の言葉が分かる魔法が消えちゃっても、お父さん魔獣達が魔法を使えるようになったから、いつでもみんなとお話しできるって。

やったぁ！　じゃあじゃあ、いつでもローリーとお話しできるんだね！　それにイヌさん達とも。

嬉しくて僕がイヌさんネコさん魔獣と、またお家に帰ってからのお話をしている間に、ローリー達はこれからのお話です。

『さて、そろそろ出発しないとな。ジョーディの家族が心配している』

ローリーがそう言うと、イヌのお父さん……イヌお父さんでいいかな？が頭を下げました。

『頭に来ていたとはいえ、関係のないお前達家族を巻き込んでしまった。きちんと謝罪しなければ』

『それなのだが、まず家族の元に戻ったら、お前達は離れた所で待っていてくれ。そしてオレが良いと言うまで出てこないようにして欲しい。理由は帰りながら話す』

『ん？　ああ、分かった』

『あとはジョーディをどうやって運ぶかだが……ジョーディ！』

名前を呼ばれて、僕はよちよち歩いてローリーの所に。でも、その拍子に草に引っかかって思いっきり転びました。びしゃーんって。い、痛い。お顔から倒れちゃった……。

ひっくひっく泣き始めた僕の所に、おばあさん魔獣が来てくれます。それですぐにヒールの魔法で、痛いところを治してくれました。

『やはり歩かせるのは論外だな。オレがいつもみたいに咥えて運ぶか』

そう言った途端、ローリーが僕のお洋服を咥えて、僕はぶらんぶらん。

お家の中とかちょっと歩くだけならこれで良いけど、これからパパ達の所まで帰るんでしょう。お洋服が体に食い込んで痛いから嫌だよ。

僕はブーブー文句を言います。ローリーはいつもやってるだろ、何で怒るんだって言って分かってくれません。こんな時は、僕の言葉が分かるイヌさん達の出番です。僕が怒っている理由を、ちゃんとローリーに伝えてくれました。

『む、そうか』

ローリーが僕を下ろしてくれます。

今度はお父さん魔獣達が寄ってきて、連れてきた時みたいに僕を咥えて行くかって言い始めました。それもダメ。ほとんどおんなじだよ。僕はまたブーブーです。

僕がブーブーばっかりだから、みんな考えこんじゃったよ。ごめんね。でももう少しなんか考えてみようよ。

みんなで考えこんでいたら、おばあさん魔獣が近くにいた魔獣に何かお話しして、お話が終わると魔獣は何処かへ走って行っちゃいました。それからさらに別の魔獣にもお話ししたおばあさん。その魔獣も何処かに走って行きます。

少しして魔獣が戻って来ました。一匹は、大きな大きな木の実みたいなやつを三個持って、もう一匹は、太いツルみたいな物を持って帰って来たの。それをおばあさん魔獣が受け取ります。

それからガサゴソ、おばあさんが何かを始めました。僕達は何してるのかなっておばあさんに近寄って、じぃ~っと見ます。

木の実は僕よりも大きくて、でも中が空っぽなの。おばあさんが、説明してくれます。この木の実は中にお水と種が入っていて、木の下に落ちると上の部分が割れる。中からお水と種が出ちゃって、最後は空っぽになっちゃうんだって。

赤ちゃんの僕にも分かるように、ゆっくり丁寧に説明してくれるおばあさん。ありがとう。

その空っぽの木の実に、爪でひょいひょいって四個穴を開けて、次にツルをお口に咥えて、前足とお口を使って穴にツルを通していきます。それで全部の穴にツルを通したら、今度は上手にツルを結んだんだよ。魔獣ってこんなことまでできるの？　僕なんてボタンも上手に留められないのに。ツルを結び終わったら、他の木の実もおんなじに作っていきます。おばあさんは作るのが早くて、すぐに終わっちゃったよ。

『どれ、この木の実の中に入ってみなさい』

おばあさんがそう言ったから、僕は後ろにハイハイして、イヌさん達も木の実の中に走り込みます。僕達が入ると、今度はローリーとお父さん魔獣達を呼んで、首にツルをかけてみろって。

ローリーがツルに頭を入れた後、首にツルをかけて立ち上がります。

そしたらちょうど僕が入った木の実が、ローリーのお胸の所にくるようにぶら下がって、僕はカバンの中に入っているみたいになりました。イヌさん達もおんなじです。

『ジョーディはこれで運べるじゃろう？　それからお前達も』

おばあさんがイヌさん達のお顔にスリスリしながら、笑いかけます。

『お前達も大人に比べれば足が遅いからの、時間がかかるじゃろうて。それに子供達はお揃いというものが好きじゃろうて』

おばあさん凄い、凄すぎだよ！　僕達は一度下ろしてもらって、おばあさんにみんなで抱きつきます。それでありがとうをしました。

もうすぐ出発の時間です。

　僕達の運び方が決まった後、次にローリー達はどれくらいで森を出られるかの確認を始めました。僕が連れて来られた時、気絶しちゃったでしょう？　あれはあの時色々ありすぎたのと、それから僕が赤ちゃんで体力がないからだって、おばあさん達がお話ししてました。だから帰りはゆっくり帰りなさいっておじいさんが。

　でもゆっくり帰ると、今度は夜までに森から出られなくなっちゃいます。もし森の中で夕方になっちゃったら、夜になる前に安全な場所を見つけて、そこでお泊まりして、また朝になったらパパ達の所に帰るんだって。森の入口まではそんなに遠くないから、一回お泊まりすれば出られるみたいです。

　ご飯は通り道で木の実や果物を採ったりしながら、休憩の時に食べます。

　色々なことが決まって、出発前におじいさんとおばあさんが僕達にお話をしました。

『良いか、父達の話をよく聞くのだぞ。木の実から出ることがあっても、一人で何処かへ歩いて行ってはダメじゃ』

『『は〜い！』』

「あいっ！」

『ジョーディ、言われたことちゃんと分かっているのか？』

ローリーは僕をジトーッと見ています。

お話が終わって、おじいさんとおばあさんが、僕達の木の実の中に、ベトベトにならない木の実を入れてくれました。木の実の中が飽きたらこの木の実で遊べて、おやつにもなるんだって。ありがとう！

僕達は木の実に入って準備は完璧です。おじいさんおばあさん、それからみんなに手を振ってバイバイします。ローリーが一番最初に走り始めました。

僕が後ろを振り向いたら、お父さん魔獣達がすぐ後ろを走ってついて来て、それからどんどん魔獣達が見えなくなっていきます。みんなしっぽを振ってくれてるんだよ。

最後まで見えたのはおじいさんとおばあさんのしっぽ。でもそれも見えなくなって、僕は木の実の中で、ちゃんと前を見て座ります。木の実は揺れるかと思ったけど、そうでもありませんでした。馬車の方が揺れます。

途中でローリーとお父さん達が並んで走るようになって、僕とイヌさん達はお喋りです。僕はパパのこと、ママのこと、お兄ちゃんのこと、トレバー達のことをお話しします。そしたら、ローリー達もお話を始めました。

『あとで説明すると言ったことだが』

『ああ、アレのことか。一体何なんだ？』

『父親の名前はラディス、母親の名前はルリエットと言うのだが、お前達がジョーディを攫ったことで、おそらくルリエットがキレてしまっている。お前達が頭に来ていたような状態だな』

『まぁ、そうだろうな』

『そのキレ方がな……。おそらくお前達が頭に来ていた時よりもまずい状態だ。何も説明せずに近づけば、お前達は攻撃され、酷い怪我だけでは済まない筈《はず》だろう。もしかしたら命も危ない』

『お前がそんなことを言うとは……。それだけ凄い人間ということか』

『凄いなんてものではない。本当に危険なのだ。だからオレが良いと言うまで、絶対に出てくるな』

『分かった』

待って待って、ママってそんなに怖いの？　だってママはいつでも僕にニコニコ笑ってくれて、それからたくさん抱っこしてくれて、撫で撫でもしてくれる、優しいママなんだよ。

イヌさん達がローリーのお話を聞いて、怖がっちゃいました。せっかく僕がママは優しいってお話をしてたのに。

僕は木の実の中から手を伸ばして、ローリーのお髭《ひげ》を引っ張りました。

『い、痛い、やめろジョーディ⁉』

「めっ！　まーまちぃの！」

『あ、ああ、分かっている。だが怒るととっても怖いのだ』

ローリー嘘つきだもん。ママはとっても優しいよ。

『お前達子供には優しいママだが、大人には違うのだ』

『僕達大丈夫かな？』

『子供には優しいって、ローリーおじちゃんが言うならそうなのかな？』

ローリーはイヌさん達に、ローリーおじちゃんって呼ばれています。

僕はママが怒ってるところを見たことがありません。ほんとにママは怖いのかな？　ローリー達のお話の後、イヌさん達が、おじいさん魔獣達のお話をしてくれました。

おじいさんもおばあさんも、二人にはとっても優しいんだって。でも、お父さん魔獣達や他の大人達には、いつも怒ってて、お父さん魔獣達はいつもしょんぼりしていたみたい。だからもしかしたら僕のママと一緒かもって言ってました。

確かに、二人共とっても優しかったよね。僕がずっとお話しできるように、お父さん達に魔法を教えてくれたり、それからカゴを作ってくれたり。それなのに怖いの？　なんか変なのぉ。

お話が一旦終わって、僕は遊び道具の木の実をぶつけて遊んだり、またまたイヌさん達とお話ししたり。

僕、馬車じゃなくて、いつもこれで運んでもらおうかな。クッションを入れればもっと座りやすいと思うの。それに揺れないし。

＊＊＊＊＊＊＊＊

「よし、そろそろ出発するぞ！　トレバー、あとのことを頼む」

「畏《かしこ》まりました」

私――ラディスとアドニス達は、これからいよいよ森の中に入る。結局ローリーは戻って来ることはなかった。ルリエットもだが、私もそろそろ我慢の限界だ。このまま何もしないで待っているわけにはいかない。

今頃ジョーディとローリーは二人一緒にいて、こちらへ向かって来ていると信じて、我々も森の中を進もう。頼む、どうか無事でいてくれ。

＊＊＊＊＊＊＊＊

どれくらい移動したのかな？　時々休憩しながら、どんどん森の中を進んでいます。

『だいぶ来たな。この調子でいけば夕方までに、ラディス達と合流できるかもしれない。お前達も気付いているだろう』

『ああ、あちらもかなりの速さで進んでいるな』

『あの怒りの反応は、アレがジョーディの母親か？』

『そうだ。凄いだろう？』

何々、何のお話？　パパ達に夕方に会えるの？　そっか、ちゃんとパパ達の所に帰れるんだね。そう思ったら安心して眠くなってきちゃいました。

さっきまでお話ししてたイヌさん達も、今は木の実のカゴの中でお昼寝中です。お昼ご飯に果物と木の実をいっぱい食べたもんね。僕もお昼寝しようかな。起きたらパパ達の所に着いてるかもしれないし。

僕は寝る前におしっこがしたくなって、ローリーにお願いしました。みんな止まってくれて、僕はローリーと一緒に一生懸命お洋服を脱ぎます。その間にお昼寝していたイヌさん達が起きちゃいました。ごめんね。

僕がおしっこするのが分かって、イヌさん達が僕の隣に並びます。一緒におしっこするんだって。一緒にしてたら、僕達を見てたローリー達が、どんどん僕達が似てきているってお話をしてたよ。

おしっこが終わって、僕がお洋服を着ている間に、お父さん魔獣達が浄化してくれます。ごわごわなお洋服のまま、僕は木の実の中に。木の実の中に入ったら、イヌさん達と一緒に欠伸します。

「ふわわ～」

『くああ～』

『ににゃあ～』

欠伸はいつも一緒です。もう、ほんとの兄弟でいいんじゃないかな？

それじゃあおやすみなさい。ローリーにおやすみなさいして、イヌさん達にもおやすみなさいして、僕は木の実の中で丸くなります。

「すぅ、すぅ」

『ジョーディ』

「すぅ、すぅ」

『ジョーディ起きてくれ』

うぅ〜ん、僕のこと起こすの、だぁれ？　僕は目を擦りながら起きます。それで周りをキョロキョロ。ここ何処だっけ？　木？　そうか、今パパ達の所に帰ってるところだった。もう着いたの？

もう一回周りを見たけど、ローリーとイヌさん達以外誰もいません。まだ着いてなかったみたい。僕はちょっとしょんぼりです。何でローリーは僕のこと起こしたの？

『ジョーディ、オレはちょっと先に、ラディス達の所へ行ってくる。ちょっと思ったよりも時間がかかってな。今日はここで泊まることになったんだ。分かるか？　お泊まりだ』

え〜、結局お泊まりなの？　僕もうパパ達と会えるって、楽しみにしてたのに。ん？　お泊まりは分かったけど、どうしてローリーが先にパパ達の所に行くの？

『今気配を確認したんだが、やっぱりルリエットはとっても怒っていてな』

それでね、このまま帰ると、僕達とイヌさん達、一緒にいられなくなっちゃうかもしれないんだって。だからローリーが先に帰って、パパとママに先に相談しに行くんだって。

僕のことは、朝になったらお父さん魔獣達が運んでくれるみたいです。ローリーみたいにみんなのいる場所が分かるから、ちゃんと連れて行くってお父さん魔獣が言いました。

うー〜ん、ほんと？　ほんとに連れて行ってくれる？　僕、ローリーと離れたくないの。僕は木の実から手を伸ばして、ローリーの首に抱きつきます。ぎゅううぅぅ。

ローリーがツルから頭を抜きました。

『もし早く話が終われば、すぐにここに戻って来る。それでまたジョーディを運んでやるから、今は大人しくみんなとここにいてくれ』

イヌさん達が、僕のお隣に来てお座りします。

『ジョーディ、お留守番。僕も時々お留守番するの』

『ボクもだよ。ジョーディ、ボク達と遊んでお留守番してよう』

「ちゃいのよう……」

今のは「僕寂しいよ」って言いました。

『大丈夫、僕達と一緒なんだよ』

『遊んでたらすぐだよ』

う〜ん。イヌさん達が僕のお膝にお顔を載っけます。ほんとにみんな一緒にいてね。誰も何処にも行かないでね。

僕はもう一回、ローリーにぎゅうぅぅぅって抱きつきます。ローリーは僕のお顔をスリスリすると離れて、それからお父さん魔獣達のことを見て頷きました。お父さん達も頷き返します。

タッ!! ローリーが走り始めて、すぐに見えなくなっちゃいました。僕はローリーが走って行った方を見て待ちます。

少ししてイヌさん達が僕のお洋服を引っ張って、こっちに来てって。後ろを見たらたくさんの葉っぱが置いてありました。葉っぱのお山です。

『葉っぱね、ふわふわで気持ちいいんだよ』

『一緒に座ろう！』

一緒に葉っぱのお山に座ります。ほんとだ！　ふかふかだね。とっても気持ちいい！

僕が寂しくてローリーが走っていった方を見ていた間に、イヌさん達が集めてくれたんだって。イヌさん達、ちょっと心配なお顔で僕のことを見ています。

『ね、ね、遊ぼ』

『お腹空いた？』

みんな心配してくれてる……。うん、僕、元気にならなくちゃ。ローリーは、お話が早く終わったら、来てくれるって言ったもんね。もし来られなくてもお父さん魔獣達が連れて行ってくれるんだもんね。

僕はふわふわの葉っぱをすくって、上に投げました。ひらひらしてとっても綺麗です。イヌさん達はお山に頭から突撃して、葉っぱがフワッて持ち上がりました。えへへ、楽しいね。

遊んでいる僕達の後ろで、お父さん魔獣達が遠くを睨んでいることに、その時は気付きませんでした。

＊＊＊＊＊＊＊＊

「**ローリー!?**」

「ローリーなの！　ジョーディは何処!?」

よし、何とか間に合ったな。オレ、ローリーはジョーディ達と別れてから、ずっと最速で走り続け、何とかラディス達と合流することができた。

ラディス達がオレの所に集まる。ルリエットはオレの肩を掴み、後ろに前に横にと、がくがく揺さぶって来た。気持ちは分かるが、や、やめてくれ。あ、頭がぐらぐらする。

「ルリエット落ち着け。それだとローリーが話せないだろう」

ラディスの言葉に、やっと揺さぶるのをやめたルリエット。ふぅ、助かった。ルリエットよりも少しは落ち着いているラディスは、それでもいつもよりかなり慌てているが、オレに静かに話しかけてきた。

「それで、ジョーディは無事なのか？」

『ああ、無事だ。怪我もしていない』

オレの言葉をラディスが皆に伝えると、騎士や冒険者達から歓声が上がった。ルリエットが泣き出し、ラディスが彼女を抱きしめる。抱きしめながら、今何処にいるんだ、近くにいるんだろう、などと色々聞いてきたが、まずはラディス達がこれ以上、森を進むのを止めなければ。

『かなり近くまで来ているのだが、オレはお前達を止めるために、先にここまで来たのだ』

「どういうことだ？」

ラディスの反応でおかしいと感じたルリエットが、泣きやんで心配そうにオレを見てきた。

『ジョーディは信用できる者達と一緒だ。安心しろ。それより問題なのはこちらだ。とりあえず進むのを止めてくれ。話はそれからだ』

ラディスがそう伝えれば、ルリエットが確認してくる。

「本当に大丈夫なのね。もし無事に戻って来なければ、私はあなたをどうするか分からないわよ」

オレは何度も頷く。そんなオレを見て、ラディスが皆に止まるように指示を出した。

合流したら、ルリエットとマイケル、それから関係の深い者に、言葉が分かるようにしてもらうか。そっちの方がいちいちラディスが通訳しなくていいから楽だ。

皆が止まったことを確認し、オレはこれまでにあったことを簡単に伝えた。

オレの話を聞き、ルリエットが原因はあの馬鹿な冒険者達なのだから、ジョーディが無事に戻って来れば何も言わないと。あとで魔獣達に会っても攻撃はしないと約束してくれた。

ふぅ、良かった。これで一つ問題はなくなった。さぁ、ここからが本題だ。

「で、進んではいけない理由は？」

『今こちらに負の気配が近づいて来ている。オレがここに着いてからは進行が止まったが』

そう、それは突然だった。

ラディス達にかなり近づき、ジョーディ達が昼寝をしている最中、オレ達とラディス達のちょうど中間くらいの位置に、突然嫌な気配が現れた。

すべての物を負のエネルギーで覆《おお》うような、とてもとても嫌な気配。二匹も気付いたようで、オレ達は走るのをやめた。

気配をもう一度よく探ると、その負の気配はオレ達の方ではなく、ラディス達の方へ移動していて、このままラディス達が進み遭遇すれば、その負のエネルギーに取り込まれ死んでしまうのではないか。そんな気にさせる気配だった。

このまま無理やり奴の側を通って、ラディス達と合流し森を抜けるか。そうなればこの魔獣達の話をする暇もなく、ルリエットに襲われ、負の気配にも襲われかねない。だがこのまま知らん顔をしていれば、オレ達が合流する前に、ラディス達は……。

焦りながら色々考えていると、二匹がオレに声をかけてきた。

『そっちの家族に何かあれば、ジョーディはどうなってしまう？　人間は弱い生き物だ。ショックで死んでしまうかもしれんだろう？　それに人間だろうと魔獣だろうと、守ってくれる者がいなければ、どちらにしても死んでしまう』

『ジョーディに死なれてしまっては、オレ達の子供達に染み付いた、悪意の匂いを消してもらえんし、それにオレ達はジョーディを気に入っている。家族に何かあって、泣くところを見たくない』

『我々が行っても良いが、ジョーディの母親に何をされるか分からないからな。負の気配と同様に、あちらの気配も厄介だ』

『ジョーディは必ずオレ達が守る。だからお前はまずはあちらの家族を助けろ』

二人の言う通りだと思った。ここは言われた通り、オレが先に行くべきだろう。

こうしてオレはジョーディを任せ、ラディス達に合流したのだ。

負のエネルギーになるべく近づかないように、少し遠回りをしたが、それでもラディス達が気配に接触する前に合流することができた。

「それで今の状況か」

『何故かオレが来てから、気配の方が止まったがな。……!!』

「どうした!?」

『消えた!?　いいか、ここを動くな。オレはちょっと様子を見てくる!!』

オレは先程まで感じていた、負のエネルギーの方へ走り出す。

まったく次から次へと。ジョーディ達の方へ移動したのではないだろうな？　今は完全に消えているが、しかし先程現れた時は突然だったからな。消えたからといって気を抜いたりできない。

ジョーディに早く話が終われば迎えに行くと言ったが、すぐには行けそうにないな。すまないジョーディ。

＊＊＊＊＊＊＊

「キャッキャッキャ！」

『それ～！』

『今度はボク！』

なんか葉っぱに突撃するのが楽しくなっちゃって、僕はずっとイヌさん達と遊んでいます。葉っぱのお山に突撃して、飛ばして、また集めて飛ばして。

僕はみんなに高速ハイハイを見せてあげました。だってよちよち歩きで突撃するよりも、スピードが出て葉っぱがブワッて飛ぶんだもん。僕の高速ハイハイを見たイヌさん達が、僕達と一緒だって、とっても喜んでくれたよ。おんなじ格好だからね。

いっぱい遊んでる間にイヌお父さんが、木の実と果物を採って来てくれました。

ネコお父さんは、僕達が何処かに行っちゃわないように、それから怖い魔獣がこっちに近づいて来てないか、見張っててくれたよ。

『さぁ、お前達、ご飯を食べてしまえ。もう暗くなるぞ』

『いくらオレ達が魔法で周りを明るくできても、暗くなったら他の魔獣が寄ってこないように、なるべく明るくしたくないからな』

それを聞いて、僕達みんなでお願いします。もう一回だけ葉っぱに突撃させてって。みんなでじぃ～とお父さん魔獣達を見つめます。

『はぁ、分かった分かった、あと一回だけだぞ』

『いつの間にそんなこと覚えたんだ……』

よし、最後の一回。最後の一回はみんなで葉っぱに突撃します。バサァッ！　ふわふわ……。あ～、楽しかった。楽しかったねぇってお話ししながら、僕達はご飯の前に。葉っぱはネコお父さんが集めてくれてます。僕達は先にご飯食べなさいって。

果物はローリーみたいに、イヌお父さんが割ってくれて、木の実は僕でもひと口で食べられるくらい小さいから、そのまま食べたよ。柔らかくて、イチゴみたいな味がする木の実でした。

ご飯を食べている途中で暗くなっちゃって、魔法で周りを明るくしてもらったけど、怖い魔獣が来ちゃうといけないからね。急いでご飯を食べました。

ご飯を食べ終わって、少しだけみんなでまったりしたら寝る時間です。ローリーはそれまでに戻って来てくれませんでした。僕、ちょっとしょんぼりです。

「やくぅ、ちゃいね」

早く会いたいね、と言うと、イヌさん達が励ましてくれます。

『明日は会えるよ』

『朝起きたら、ローリーおじちゃん戻って来てるかも。早く寝て早く起きようよ』

「たぁ〜ね！」

そうだよね。起きたらローリーがいて、すぐに帰るかもしれないもんね。

寝る前のおしっこでは、イヌお父さんがローリーのマネをして、お洋服を脱ぐのを手伝ってくれました。それからお洋服を着るのも。ローリーがするのを見てて覚えたんだって。いつもみたいにボタンが一個余って、ごわごわお洋服だけどありがとう！

ネコお父さんが木の実のカゴの中に、葉っぱをいっぱい入れて、カゴを三つ並べてくれました。みんなでカゴに入って、お父さん魔獣達が僕達を囲むように伏せの格好をします。

「ちゃい！」

『おやすみなさい！』

『おやすみ！』

明日起きたら、ローリーがいるといいなぁ。僕はパパやママ達のことを考えながら、目を閉じます。

『…………………消えたな。だが気を抜かず、交代で見張るぞ』

『ああ。もちろんだ』

お父さん魔獣達が何か言ったのが聞こえましたが、すぐに寝ちゃいました。

次の日起きたら、まだローリーがいなくて、僕はまたしょんぼり。寂しい……。泣いちゃいました。

「にゃい……うぇぇ、うわあぁぁぁん!!」

何で？　お話、終わらなかったの？　イヌさん達が近づいて来て、僕のお顔をぺろぺろ舐めてくれたり、お鼻ですりすりしてくれたり、でも、僕の涙は止まりません。そしたらイヌさん達も泣いちゃって……。

『ジョーディ泣いてる、悲しい、わあぁぁぁん！』

『ボク達も悲しい、わあぁぁぁん！』

みんなでわんわん泣いちゃいます。お父さん魔獣はあっちにウロウロ、こっちにウロウロ、それからしっぽで僕達の頭を撫で撫でしたり、お鼻ですりすりしてくれたり。とっても慌てています。

でも急にバッとお顔を上げて、遠くの方を見ました。その後ニコニコなお顔に変わります。

『ローリーがこっちに向かって走ってきている。俺達も行くぞ。そうすれば早く会うことができる』

『さぁ、泣くのは終わりだ。昨日の残りのご飯を食べて、おしっこしたら出発だぞ』

ローリーが来てる!? それを聞いて、涙が止まりました。僕が泣きやんだら、イヌさん達も泣くのをやめて、急いで僕達はご飯の所に。

僕達がご飯を食べている間に、お父さん魔獣達は木の実のカゴに、葉っぱをいっぱい入れてくれました。もう少しで帰れるけど、昨日も木の実のカゴの中にずっと入っていたし、体が痛くならないように、だって。ありがとう！

ご飯を食べたら今度はおしっこです。手伝ってもらっておしっこして、あっ、今度はボタン二個ずれちゃった……。でももう帰れるからいいよね。

みんなで木の実のカゴに入ります。イヌお父さんが、僕とイヌさんを運んでくれます。お顔をカゴから出して、イヌさんとニコニコ笑ってたら、ネコさんが僕達だけ一緒でずるいって。イヌお父さんがカゴを三個持つことになっちゃいました。大丈夫？　苦しくないかな？　僕達は三人一緒でニコニコだけど……。

ネコお父さんがイヌお父さんに声をかけます。

『まったくお前達は。大丈夫か？』

『ああ、何とかな。ちょっと首回りがきついだけだ。先頭と見張りを頼めるか』

『ああ、任せろ』

『よし！　出発だ！　大人しく入っていろよ』

それを聞いて、僕は右手を上げました。

「ちゅう！」

『『しゅっぱ～つ！』』

早くローリーに会いたい。パパ達の所に早く帰りたい！　パパ達に会えたらいっぱい抱っこしてもらうんだ！


「にょっにょ♪　にょっにょ♪」

『ニャウニャウ♪　ニャア～ウ♪』

『ワンワン♪　ワウワウ♪』

僕達は今、一人と二匹でお歌を歌ってます。みんなで一緒ににょっにょ♪　にょっにょ♪

お父さん魔獣達は出発してから、ずっと走ってくれてます。ローリーも走っているから、思ってたよりも早くローリーに会えるみたいです。だから僕嬉しくて、それでいつの間にか歌ってたの。

イヌさん達は僕のお歌を聞いて、なんてお歌なのか聞いてきたんだけど、う～ん、これは僕が今作っちゃったお歌だから、分かんないって言いました。

イヌさん達は、僕達も歌えるよって、僕のマネして歌ってるんだよ。

でも、お父さん魔獣達には不評です。

『おい、その変な歌をやめないか？　走るリズムが狂うんだが』

『お父さん、狂うってなあ～に？』

『あ～、走りにくいってことだ』

『え～、ボク達のお歌、とっても楽しいお歌だよ。ね～ジョーディ』

「た～う！　た～う！」

そうそう、なかなかいいお歌だと思うんだけどな。僕はお歌を止められませんでした。

それからもう少し走って、お父さん魔獣達がピタッと止まります。

『おい、ローリーが来たぞ』

僕は慌てて木の実のカゴの中からお顔を出します。お父さん魔獣達が見ている方をじぃっと見ていると、木と木の間の草がガサゴソ揺れて、黒い塊が飛び出してきました。

『ジョーディ!!』

ローリーが僕達の前に飛び出してきて、ローリーの背には……。

「ぱ～ぱ！」

「ジョーディ!!」

ローリーにパパが乗ってたの。僕が一生懸命手を伸ばしたら、急いでローリーから下りてきたパパが、僕を持ち上げて抱っこして、ぎゅううぅぅってしてくれました。

「ぱ～ぱ、ぱ～ぱ……うっ、うわあぁぁぁん!!」

パパだ。ほんとにパパだ。僕、ローリーには会えると思ってたけど、パパも一緒なんて思ってなかったから嬉しくて。それから今まで寂しかった気持ちも、全部ぐちゃぐちゃになって泣いちゃいました。パパのお洋服にしがみつきます。パパの匂いだ。本物のパパだ。

「ば～ば～！　わあぁぁぁぁぁぁん!!」

泣いてるから、パパじゃなくてババになっちゃったよ。

「ジョーディ、すぐに迎えに来れなくて悪かった。もう大丈夫だぞ。ママ達の所に帰ろうな」

『うわぁぁぁん！』

『にゃあぁぁぁん！』

『何でお前達まで泣くんだ？』

なんかイヌさん達も一緒に泣いて、とっても煩くなっちゃいました。

僕が泣いている間、ずっと抱きしめてくれてたパパ。やっと少し涙が止まって、でもまだちょっとヒックヒックしています。

パパはお父さん魔獣達とご挨拶を始めました。お父さん魔獣達は、おじいさん魔獣達に教えてもらった、言葉が分かる魔法をパパに使って、パパも僕みたいにみんなとお話しできるようになったの。

「ジョーディの父のラディスだ」

『俺はこの子の父親だ。名はない』

イヌお父さんが言うと、ネコお父さんが続きます。

『オレは……すまなかった、オレがお前の息子を連れ去ってしまった。頭に来ていたとはいえ申し訳なかった』

「いいや、こっちこそ人間が酷いことを。申し訳ない」

そういえば何で、お父さん魔獣達もイヌさん達も名前がないのかな？　イヌさんネコさん、イヌお父さん、ネコお父さん、そうやって言うのは面倒くさいよね。僕は上手にお話しできないから、余計にそうだし。お名前がないなら僕が付けてあげようかな？　あとで聞いてみよう。

パパが、ローリーからイヌさん達のお話を聞いて、ママはもう怖いママじゃないから、お父さん魔獣達が会っても大丈夫、早くママ達の所に行こうって言いました。

僕はパパに、今まで入っていた木の実のカゴを見せます。それから木の実に入ってパパに抱っこしてもらうと、パパがローリーに乗って、イヌさん達は今までみたいにお父さん魔獣達が首から下げました。

「よし、ママ達の所に帰るぞ」

「ぱっちゅ？」

「そうだ、出発だ」

「ぱちゅう！」

『『しゅっぱつ！』』

出発って言って、僕達が先頭でローリーが走り始めました。パパがしっかり木の実のカゴを抱きしめてくれています。

僕はちらちら、ちらちら、パパのお顔を何回も見ちゃうの。だってパパに会えてとっても嬉しいんだもん。パパは僕が見るたんびに、ニコニコ笑ってくれます。だから僕もニコニコです。

どんどんローリー達が走ります。もうすぐママにもお兄ちゃんにも会える。えへへ、嬉しいなぁ。嬉しくてまた歌っちゃいます。

「にょっにょ♪　にょっにょ♪」

『ワンワン♪　ワウワウ♪』

『ニャウニャウ♪　ニャア〜ウ♪』

『ジョーディ、それは何だ？　走りにくいのだが』

「それは歌なのか？」

ローリーが、お父さん魔獣達みたいなことを言ったんだよ。それにパパがお歌なのかって。お歌だよ、僕達が作ったお歌。パパ達も楽しいでしょう？

イヌお父さんとネコお父さんがため息をつきました。

『今日ずっと歌っているのだ。走る調子がずれて大変だった。今もだが』

『自分達は楽しい歌だと思っているから困る』

だってほんとに楽しいお歌だもん。みんなも歌えばいいのに。歌わないから楽しくないんだよ。

あっ、そうだ。パパにお願いしなくちゃ。ママとお兄ちゃんの所に帰ったら、この木の実のカゴにふわふわのクッション入れてって。葉っぱはどうしようかな？　葉っぱもふわふわなんだけど。それに入れておいた方が、イヌさん達と葉っぱで遊ぶ時に集めなくてもいいから楽だよね。

「ぱ〜ぱ、だ〜よー」

「もう少しだぞ。みんな森の中で待つと言って、馬車の所には戻らなかったからな」

違うよ。木の実のカゴのお話したんだよ。イヌさん達が違うよって言って、パパにちゃんと伝えてくれました。

「ああ、このカゴのことか。いいぞ」

「わんわん、にゃんにゃぁ、ちょおよぉ」

「ああ、分かってるぞ。みんな一緒だ」

今度は分かってくれました。あっ、このまま一緒におじいちゃんの所にも行くんだよね？　おじいちゃんもおばあちゃんも、どんな人か分からないけど、イヌさん達を連れて行っても怒らないかな？

みんなでお話ししながら進んでたら、ローリーが急に走るのをやめて歩き始めました。

『走って行って急に飛び出して、攻撃されたくないからな。前に一度攻撃されたことがある』

「お前、思いきり転がってたもんな」

『ルリエットはすぐ攻撃をする。あれはどうにかならないのか？』

「あきらめろ。それがルリエットなんだ」

ママが攻撃？　ローリーが転がる？　ほんとにママのお話？　ママはとっても優しいって言ってるでしょ！　ほら、イヌさん達が変なお顔になっちゃってるよ。せっかく僕が優しいママって説明したのに、ローリー達が変なことばっかり言うから。

ガサゴソと、道じゃなくて草むらの中に入りました。草むらから出たら、騎士さんとか、騎士さんのお洋服着てないけどオノ持ってる人、剣持ってる人、いろんな人がたくさん集まってました。

ローリーが止まると、僕達に気が付いた騎士さんがニコニコ笑って、隣の人の肩を叩きます。それから大きなお声で、

「帰ってきたぞ!!」

って叫びました。みんなが僕達の方を見ます。すると人の中から何かが飛び出してきました。とっても速くて、ローリー以上かも？　だって何が飛び出してきたか、速すぎて分かんなかったんだもん。

飛び出してきた何かが、僕達の前で止まりました。え？

「ほらジョーディ、ママだぞ。ジョーディ？　はぁ、ルリエット、速く走りすぎだ。ジョーディが驚いて固まってしまったぞ」

「あ、あら、そうね。嬉しくてつい本気で走っちゃったわ。ジョーディ、ママよ」

目の前にママがいるのに、僕嬉しいはずなのに、ビックリしてじぃ〜ってママのことを見つめちゃいました。

ママ走った？　それともジャンプ？　足どうなってるの？　色々考えちゃいます。でも今は……。

僕は何とか固まってた状態から復活。ママに会えた！　僕の大好きなママ!!　ニコニコしながら木の実のカゴの中から手を伸ばして、ママ、抱っこって言いました。

「ま〜ま、こっこ!!」

ママがニコニコ顔で近づいて来て、僕をカゴから出して、ぎゅううぅぅ。抱っこして抱きしめてくれます。僕はママのお洋服にすりすり。

あれ？　いつもの柔らかくて気持ちのいいお洋服の感じがしません。僕はちょっとだけお顔を離して、ママのお洋服を見てみました。

ママはいつもの可愛くてキラキラな綺麗なお洋服じゃなくて、う～ん、初めて見るお洋服を着ています。硬くて、ちょっと汚れてて、腰に剣も付いています。

ポタポタ、ポタポタ。

僕がお洋服を見ていたら、何か上から降ってきました。上を見たら、ママがニコニコ顔なのに泣いてるの。それでもっと僕のことをぎゅうってします。

「良かった、本当に良かった。怖かったでしょう？　もう大丈夫よ」

僕はママのお洋服にすりすりして、自分からももう一回ぎゅうって抱きしめ返します。

「まよぉ！　たたまっ！」

「ふふ、お帰りなさい！」

少しして、涙が止まったママが、イヌさん達の方を見ました。お父さん魔獣達はお座りしていて、イヌさん達は木の実のカゴの中で立ち上がっています。

『ジョーディ、ジョーディのお母さん？』

『怖くないね。お父さん達が言ってたの、やっぱり間違い、ジョーディが当たりだね』

ねぇ、やっぱりニコニコ優しいママだよね。

お父さん魔獣達は、木の実のカゴを下ろしてピシッて立ちます。

「あなた達があの時の魔獣ね」

お父さん魔獣が、言葉が分かるようになる魔法をママに使います。

『どうだ？』

「あら、本当に分かるようになったわ」

お父さん魔獣達が頭をペコッて下げます。

『頭に来ていたとはいえ、申し訳なかった』

「軽くローリーから聞いたわ。詳しい話は森を出てからにしましょう。でもその前に、もともとはあの冒険者達が原因。私達もあなた達も、あの馬鹿な冒険者に巻き込まれただけ。あなた達の子供もジョーディも無事だった。だからこれについては良しとしましょう。まぁ、ジョーディが無事に帰ってこなかったら、話は別だったけれど」

ん？ なんか急に寒くなった？ 気のせいかな？ 僕は周りをキョロキョロ。イヌさん達もキョロキョロして、それでなんか寒いねってお話しします。僕の気のせいじゃなかったよ。

『……』

『……』

お父さん魔獣達は黙っちゃいました。何で？

「さ、さぁ、みんな出発だ！」

パパがそう言って、みんなが準備を始めました。剣とか色々なお荷物をお片付けして、ママはパパから木の実のカゴを受け取ります。

僕が入る前にカゴを調べるママ。よくできてるわねって言ってくれました。それからここをこうしてとか、アレをくっ付けてとか、ぶつぶつ何か言ってます。ママもこの木の実のカゴを気に入ったのかな？ 僕は大好きだよ。捨てないでね。

みんなの準備が終わって、ローリーに乗ったママと、木の実のカゴに入っている僕が先頭。お隣をパパが歩いて、その後ろをお父さん魔獣達。それから騎士さん達の順番で歩き始めます。

歩き始めて少しして、前方で誰かが手を振っているのが見えて、近づいたらすぐに誰だか分かりました。アドニスさん達です。道が分かれている所で、立って手を振ってたんだ。

別の場所で僕のことを探して待っててくれたアドニスさん達。パパと僕がママに会ってニコニコしてた時、帰るぞって他の騎士さんに伝えてもらったんだって。だからアドニスさん達は、通り道のここで待っててくれたの。

僕はアドニスさん達にただいまをします。

「たーよ！」

「面白い物に入ってるな。はぁ、それにしても無事で良かった」

僕の頭を撫で撫でしてくれたんだけど、グリグリ、ガクンガクンと激しく揺さぶられて、終わったら頭がふらふらになっちゃいました。クランマーさんがアドニスさんのことを怒ります。

僕の周りは大騒ぎ。ママが静かにしなさいって怒って、みんながピシッて並んで、またまた歩き始めます。

僕とイヌさん達が歌ってたら、だんだん木が少なくなって、周りが明るくなってきました。もうすぐお外だ！

ベルがね、先にお兄ちゃん達の所に戻って、僕のお洋服とかご飯を、用意して待っててくれてるんだって。

お兄ちゃん、ふへへへ、お兄ちゃんにも、みんなにも会えるんだね。これでまたみんな一緒だね。

ぱあぁぁぁっ!! 目の前が一気に明るくなりました。ついに森から出たの。僕は声を上げます。

「にょおぉぉぉ!!」

やったぁ! お外だ! 森の中もお外だけど、ほんとのお外っていうのかな? 嬉しくて、キョロキョロいろんな所を見ちゃいます。ん? 横を見たら、木に縄でぐるぐる縛られている男の人達がいました。

イヌお父さんが低い声でパパに言います。

『こいつら、やってしまって良いのか?』

「すまんが少し待ってくれ。ちょっと聞きたいことがあるんだ。それにはまず街に行かないといけない。それが終わったらお前達の好きにしていい。これからの安全のために大事なことなんだ」

『分かった』

やる? やるってなぁに?

今度は前を見ます。前にはたくさんテントがありました。それからテントの周りにも多くの騎士さんと、ちょっと汚れたお洋服を着ている人達がいました。その中には……。

あっ、ベルだ! トレバーとレスターもいる! ベルが僕に手を振ってくれて、その後《あと》後ろのテントに入ります。それからまたすぐに、お兄ちゃんと一緒に出て来ました。

「ジョーディ! パパ! ママ!」

「にー!!」

僕もお兄ちゃんのことを呼びます。お兄ちゃんがこっちに走って来ました。ママがローリーから下りて、僕を木の実のカゴから出してくれると、僕もお兄ちゃんの方に走ります。走る……と言いつつ、よちよち、よちよち。これでも走ってるんだよ。みんなには歩いているように見えるかもしれないけど。う～ん、高速ハイハイの方が速いかも。

僕は遅いけど、お兄ちゃんが走ってくれて、そのおかげでどんどん近づきます。そして……。

「ジョーディ!!」

「にー!!」

お兄ちゃんが僕のことを抱きしめようとした時でした。お兄ちゃんはとっても勢い良く僕の所まで来たから、ドンッ！　バンッ!!と思いっきりぶつかって、僕は後ろにグラッてバランスを崩します。それから……バタンッ!!

「ジョーディ!!」

「まずい!!」

パパとママのお声が聞こえて……。

頭痛い！　お背中痛い！　ぜんぶ痛い！　後ろに倒れて打っちゃった。痛いぃぃぃ！

「うえっ、ちゃっ、うわあぁぁぁぁぁん!!」

「ごめんなしゃいぃぃぃ！」

僕が泣いてたら、誰かも一緒に泣き始めて。

『ジョーディ、いちゃい、泣いちゃった。うわあぁぁぁん！』

『痛いぃ、にゃあぁぁ！』

『何でお前達まで泣くんだ、痛いのはジョーディだぞ』

『関係ないだろう、痛いのはジョーディだぞ』

泣いてるのは誰？　そうだよ、痛いのは僕だよ。

「ジョーディ大丈夫か⁉　マイケル、大丈夫だからママの所に行きなさい」

「マイケルこっちに。大丈夫よ。パパがすぐに治してくれるわ」

後ろに寝っ転がったまま、痛みに泣く僕のことを、誰かが静かに抱っこしてくれます。涙でよく見えなかったけど、パパの匂いがしました。

それからすぐにパパの声で「ヒール」って言うのが聞こえて、痛みがどんどん消えていきます。最後に一番痛かった頭が治って、そのまま僕は抱っこされました。

少ししてちょっと涙が収まったので見てみたら、抱っこしてくれてたのはやっぱりパパ。それから周りを見たら、イヌさん達がお父さん魔獣達の所で泣いています。それからママの所で泣くお兄ちゃんも。せっかく収まってきていたのに、僕、なんかまた泣けてきちゃいました。

お兄ちゃんがずっと、僕にごめんなさいって言いながら泣いてるの。僕はパパに抱っこされたまま、お兄ちゃんの近くに。それから下ろしてもらって、よちよち、よちよち、今度は気を付けて。お兄ちゃんももう一度僕の方に歩いて来ます。お兄ちゃんもゆっくりだよ。

それで僕の前に来て、ぎゅって抱きしめてくれました。

「ごめん、ごめんね、うわあぁぁぁん！」

「にー！　にー！　うえぇ」

『ジョーディ、痛くない？　ひっく』

『泣かないで、わあぁぁぁん！』

イヌさんとネコさんも大泣きです。

「なんだこれ」

パパはポカンとして、ママは苦笑いです。

「ふふ、みんなつられちゃったのよ。さぁ、みんな泣きやんで。マイケルもわざとじゃないのだから、泣かなくていいのよ。でも次は気を付けましょうね」

「うん……ぐす」

みんなが泣きやんだ後は、トレバー達が僕の所にきて、ぎゅって抱きしめてくれて。その後お父さん魔獣が、言葉が分かるようになる魔法をかけてくれました。

ママがまずお着替えしましょうって言って、パパがお兄ちゃん達を僕から離します。僕は歩きながら、森の中でお着替えを頑張ったことをママに伝えます。ローリーにお手伝いしてもらって、ボタンが外れちゃってるけど、でも僕頑張ったよ。

「ま～ま、こっこっ」

僕はボタンを指さしたり、ズボン触ってみたり。ママはちゃんと分かってくれました。

「あら、上手にボタンを留められたわね。ズボンもちゃんと前と後ろがあってるし、ジョーディ凄いわ」

ママはニコニコして頭を撫でてくれました。

テントに入ってママが箱の中から、綺麗なお洋服を出します。あっ、僕の好きなやつだ。胸の所にサウキーのマークが付いてるの。それからズボンにも。ママが付けてくれたんだよ。

まずはお洋服を脱いで、ママが魔法でお水を出して僕の体を拭いてくれます。うん、さっぱり。それから新しいお洋服を着たら、今までのごわごわがなくなりました。ぴしって感じです。あれ気持ち悪かったから、なくなって良かったよ。

着替えが終わったら、またみんなの所に戻ります。ママは新しい靴も出してくれました。歩くとキュッキュと音が鳴る靴です。

「お、いい靴履いてるじゃないかジョーディ」

パパ達の所に戻って靴を見せました。その時、

「おい！　いい加減にしろ!!」

誰かの怒鳴るお声が聞こえて、みんなでお声がした方を見ます。

ん？　さっきの木にぐるぐる巻きの人？　林の所をよく見たら、一、二、全部で三人いて、真ん中の背が高い男の人が怒ってるんだ。

「人間と魔獣、どっちが大切なんだ！　俺達は毎日少ない報酬《ほうしゅう》で、街の人間のために必死で魔獣と戦ってやってるんだ！　少しぐらい特別金をもらおうと思っても、罰は当たらないだろう！」

「煩い奴だ。口をふさいでくる。明日の移動時間になるまで、あそこに縛り付けておこう」

パパがレスター達と一緒に、騒いでる男の人達の所に。

「ガキが無事だったんだからいいじゃないか！　そんなピンピンして……顔に傷でもついてた方が大きくなった時、はくが付いたんじゃないの……」

急に男の人が黙りました。それから近くまで行ってたパパ達の足も止まってしまいます。どしたの？　あれ？　ぱらぱらぱら、男の人の頭の上から何かが降ってます。

あれ？　男の人の頭の上に何かある。それによく見たら、お顔の横にも小さい何かが。何だろう？　気になってもうちょっと近づこうとしたんだけど、パパが僕のお洋服を掴んで止めます。それでね、パパを見たら変なお顔をしてるの。困ってるような、いやいやそうな。

『お父さん、変なお顔してどうしたのぉ？』

ネコさんのお声がしてそっちを見ます。そしたらお父さん魔獣達もパパとおんなじお顔をしてました。みんなどうしたの？

「ジョーディ、ちょっとパパもママもご用事できちゃったから、少しだけテントに戻っててくれるか？　ベル！　マイケルとジョーディをテントに連れて行ってくれ」

「畏まりました」

『お前達も一緒にテントへ連れて行ってもらえ』

ベルが僕とお兄ちゃんの手を繋いで、それから僕の隣をイヌさん達が歩きます。せっかくお着替えしてお外に出てきたのに。

ママの隣を通る時、すぐにご用事終わるからねってとってもニコニコしてたよ。でも変なニコニコでした。いつも僕とお兄ちゃんにニコニコだけど、なんか違うの。でも何が違うのか分かりませんでした。

「にー、まーま、じぃ」

「ねぇ、ご用事何だろうね。みんなでテントの中で遊んでよう」

お兄ちゃんもご用事が何か分かんないみたい。ママ達にばいばいしてテントに戻りました。

お靴を脱いで、イヌさん達の足はベルが拭いてくれてテントに入ります。テントの中にあの色々入っているカバンがあるのに気が付きました。すぐに近寄ってカバンの中をゴソゴソ。イヌさん達も近寄ってきてカバンの中を覗いてきます。僕はクマさんのぬいぐるみを出しました。

『これなぁに？』

「まーしゃ！」

『クマさん？　サウキーとおんなじ？』

あっ、サウキーのぬいぐるみ、木の実のカゴに入れっぱなしだった！

「ちょっ！　しゃうきー！」

僕はサウキーを取りに行こうと思って、テントから出ようとしました。でもベルが入口に立ってお外に出ちゃダメって。そう言った時、お外からバンッ!!とちょっと大きな音が。

僕は気になって、またお外に出ようとします。でもやっぱりダメ。ベルが僕のことをお兄ちゃんに渡しました。イヌさん達がサウキーの話をすると、ベルが持って来てくれるって。それからおやつも。

ベルがお外に出て行くと、お兄ちゃんはカバンの中からボールを出して、ベルが戻って来るまでボールで遊ぶことになりました。

イヌさんもネコさんも、ボールがとっても気に入ったみたいです。僕が投げると追いかけて、イヌさんは僕の所に持ってきてくれて、ネコさんはちょんちょんした後、パシッて叩いて僕の方に飛ばしてくれます。

でも、ボールで遊ぶのはとっても楽しいんだけど、時々外からバンッとか、バシッとか音が聞こえてくるの。ほんと何の音だろう？　イヌさん達も音が鳴るとそっちを見ちゃうんだよ。

「パパとママ、たまにああいう音出すんだよ。そういうお仕事なんだって。僕はそのお仕事まだ見たことないの。今度一緒にお仕事見せてってお願いしてみよっか」

大きな音を出すお仕事？　そんな仕事があるの？　お兄ちゃんのお話を聞いて、イヌさん達も見たいって。これからどれくらい一緒にいられるのか分かんないけど、そのうちに見れるといいね。

少ししてベルが戻って来ました。サウキーのぬいぐるみを僕にくれて、それからクッキーとパンみたいなのと、ジュースを持ってきてくれました。

僕のクッキーはお兄ちゃんみたいなのじゃなくて、柔らかい赤ちゃん用です。イヌさん達も僕とおんなじクッキーだよ。

おやつを食べている時でした。それまでも音はずっとしてたんだけど……。

バリバリバリッ！　ドガガガガッ!!

今までで一番大きな音がして、喉にパンがつっかえちゃいました。ぐっ、ゲホゲホ。イヌさん達もコンコン咳してます。お兄ちゃんはお胸をトントン叩いていてくれました。

ベルがみんなの背中を慌てて撫で撫でしてくれます。それで僕達が落ち着いてから、ちょっと行ってきますねって、外に出て行っちゃったんだ。

ベルがお外に出て行ってからすぐでした。あんなに音がしていたのに、全然聞こえなくなると、バシャってテントの入口が開いて、いつものニコニコ顔に戻ったママが、中を覗いてきました。もうお外に出てもいいんだって。僕達はママに見られながら、残りのおやつを食べてお外に。

パパの所に行った後、さっきの男の人の所に行って、何がくっ付いてたのか確認しようとしたら、男の人達はもういませんでした。あっ、それからね、男の人達がグルグルにされていた木が、倒れちゃってました。

イヌさん達がお父さん魔獣達に、どうしたのって聞きます。振り向いたら、お父さん魔獣達のお顔が固まってました。ローリーとパパも疲れたお顔です。

大変なお仕事だったのかな？　ん？　ご用事？　あれ？

＊＊＊＊＊＊＊

「ガキが無事だったんだからいいじゃないか！　そんなピンピンして……顔に傷でもついてた方が大きくなった時、はくが付いたんじゃないの……」

冒険者が話している途中だった。気付くと冒険者の頭の上に少し大きめのナイフが刺さっていた。

突然のことに、冒険者は喚《わめ》くのをやめたのだが、一瞬おいて次は顔の横にナイフが突き刺さった。

私――ラディスが後ろを見れば、ルリエットがニコニコ笑いながら、後ろ手にナイフを隠し持っているのが分かった。隠しているのは、ジョーディとマイケルに見られないようにするためだろう。

そのジョーディはと言えば、私の横を歩いて冒険者の方へ行こうとしたので、洋服を掴みそれを止める。そして魔獣達は、何とも言えない表情でルリエットを見つめていた。

ああ、ルリエットが……。マイケルとジョーディに、これから起きることを見せられるわけがない。

「ジョーディ、ちょっとパパもママもご用事できちゃったから、少しだけテントに戻っててくれるか？　ベル！　マイケルとジョーディをテントに連れて行ってくれ」

「畏まりました」

ベルにジョーディ達をテントに連れて行くように言えば、魔獣達も自分の子供にジョーディについて行くように言った。何か感じるものがあったのだろう。しかしそれはとてもいい判断だ。

ジョーディ達がテントの中に入るのを確認すると、次の瞬間、冒険者の顔の横――先程とは逆側だ――に、もう一本ナイフが刺さった。静かに歩き出すルリエット。その後ろをついて行く私とローリー。魔獣達もついて来る。

『良いか、オレよりも前に出るなよ。怪我をしたくなければな』

『あ、ああ、分かった』

『そんなにか？』

『しっ、それ以上話すな。こっちにとばっちりがくる』

ローリーの言う通りだ。それ以上無駄口を利かない方が良い。今のルリエットの前では。

冒険者の前に着くと、彼は驚きながらも少し復活していて、先程まではないものの、また煩く騒ぎ始めた。が、すぐに黙ってしまった。ルリエットの殺気にやられたのだ。

そう、今のルリエットは、先程の冒険者達の言葉に切れてしまっているのだ。ルリエットがナイフを木から抜き取りながら話し始める。

「私の聞き間違いかしら。『ガキが無事だったんだからいいじゃないか！　そんなピンピンして……顔に傷でもついてた方が大きくなった時、はくが付いたんじゃないの……』。途中までだったけれど、私にはそう聞こえたのよね」

その言葉に震えながら答える冒険者。

「お、俺は本当のことを言っただけだ。ああいうガキはそういうのに憧れるもんだろっ!?」

冒険者の顔がグイッと横を向いた。そして鼻血が垂れる。冒険者は何が起こったか分かっていないようだが、ルリエットが冒険者の顔をはたいたのだ。

「良かったわ。私の聞き間違いじゃなかったのね。これで心置きなくあなたをヤレルわ」

私はあまり口を挟みたくなかったが、ヤレルという言葉に仕方なく声をかける。

「ルリエット、この冒険者達には聞きたいことがまだ残っている。なるべく生きて連れて行きたいのだが」

「いやねあなた。分かっているわよ。殺したりなんかしないわ。質問に答えられれば良いのでしょう？　大丈夫よ、手足の一本や二本なくなっても答えられるわ」

そしてそれは始まってしまった。最初は縛られたままの冒険者を叩いているだけだったのだが——いや、それもちょっとレベルの違う叩き方だったが——その時間が終わると、次にルリエットは冒険者の縄を外し、今度はあっちへそっちへ、時々私達の方にと、冒険者達を投げ飛ばし出し、私達は逃げる羽目になった。

「あら、ごめんなさい、気を付けてね」

それだけ言い、投げるのを再開するルリエット。ローリー達を見れば、皆、私からちょっと離れた後方で、ピシッと姿勢を正してお座りしていた。

何度も投げ飛ばされ、完全に動けなくなった冒険者。ドンッ！　そのうちの一人を、先程まで縛りつけていた木に引きずり戻すと、ルリエットは剣を手に持った。

冒険者は微かに出る声で助けを求めていたが、ルリエットはそれを無視し剣を振り下ろした。剣は冒険者には当たらず、その後ろの木に食い込む。

バリバリバリッ！　ドガガガガッ!!

大きな音を立て、剣が刺さった部分から木が割れ、倒れた。そしてそれと同時に、冒険者も意識を失った。

「あら、もう気を失っちゃったの？　まだまだこれからなのに。まぁ、意識がなくてもいいかしら？　じゃあ次は魔法を使って……」

さすがにこれ以上はまずい。そう思いルリエットを止めようとした時、ベルが私達の所にやって来た。そしてルリエットに、さっきの攻撃の音で、ジョーディ達が驚いておやつを喉に詰まらせたと伝える。

「そうだわ！　ジョーディ！」

ベルの報告に、現実に戻ったルリエットは、最後のとどめとばかりに、冒険者に氷魔法を使い、軽く凍らせるとテントに走って行った。

私は林の方を見る。木が何本も倒されていて、その光景はまるで魔獣の襲撃があったようだった……。

＊＊＊＊＊＊＊

僕が倒れた木の方に行きたいって言ったら、パパが抱っこして連れて行ってくれて、その木の前で下ろしてくれました。ちょんちょん木を触って横を見たら、いろんな所の木が倒れてます。

「ぱ〜ぱ、だあ〜ん」

「そうだな、だ〜んだな」

僕達がテントに入る前は全然倒れてなかったのに。おやつ食べてた時にした音は、木が倒れた音だったのかな？　どんなご用事だったの？　この倒れた木、何かに使うの？

他の木を見ていたら、向こうの倒れた木の方からワンワン、にゃあにゃあお声が聞こえて、そっちを見たら、イヌさん達が倒れた木の上に乗っかって遊んでました。僕も一緒に遊ぼうと思って、よちよち歩いていきます。

イヌさん達が遊んでいる倒れた木は、この辺りでは一番小さな木で、パパに乗せてもらって座ったら、僕にピッタリサイズの木でした。

「ふむ、ちょうどいいな。この木は少し大きく伐って、あとで加工してもらおう」

パパがトレバーを呼んで何かお話を始めました。お話はすぐに終わって、トレバーがテントの方に戻っていきます。それからパパはレスターを呼んで、レスターに僕達のことを見てろって言いました。これからパパとママ、ローリーとお父さん魔獣達はお話し合いみたいです。

少しして、僕がさっきまでいた倒れた木の所に、とっても体が大きい男の人達が、オノとかロープを持って集まってきました。それで一番大きい男の人が、

「よし！　やるぞ！」

と言うと、他の人が「おお!!」と答えて、どんどん木を伐り始めました。凄いんだよ、一回オノを下ろしただけで、木がバシィって伐れちゃうの。最初は大きく伐って、それをまた伐って小さくして、ロープでどんどん結んでいきます。

倒れてた木はすぐに全部なくなっちゃいました。残ってるのは僕達が座ってる木だけです。一番大きい人が僕達の所に歩いてきました。

「そろそろいいですか？」

「ええ。さぁ皆様、そろそろテントに戻りましょう。旦那様方のお話もそろそろ終わるでしょうし」

レスターに言われると、僕達はすぐに木から下りてテントの方に歩いていきます。男の人に手を

振ったら振り返してくれて、それからすぐに木を伐り始めました。大きく伐って、でも今度は大きく伐った後、小さく伐らないで、そのまま運んで行ってたよ。

テントに戻ると、ベルが手に何か持って立ってました。色々な色の小さな輪っかです。

お父さん魔獣達がその説明をしてくれます。

『いいかお前達、この足輪の中から、好きな色の足輪を選ぶんだぞ』

『これがないと、ジョーディと一緒に街に入れないらしい』

『入れない？』

イヌさんはよく分からない様子です。

『遊べなくなるということだ』

『わわ⁉　大変！』

ベルがイヌさん達の前に足輪を置いてくれます。僕も足輪を見て、一緒に選んであげました。

『僕はこの色がいいなぁ。ジョーディどう？』

イヌさんが選んだのは濃い青色の足輪でした。うんうん、似合うと思うよ。

「たぁ！」

『ジョーディもそう思うよね。じゃあ僕これ！』

『ボクは……これどう？』

ネコさんが選んだのは、ピンクとオレンジが混ざった色の足輪でした。うんうん、ネコさんも似合ってるよ。

「たぁ！」

『うん、似合ってるでしょう。ボクこれ！』

二匹の足輪が決まりました。選んだ足輪をベルが、二匹の右の前足につけてくれて、ジャンプしてもズレないか確認。何ともなかったからこれで決まりです。

「あ～う～、のねぇ～」

『ね～』

『カッコいいね～』

「本当に会話してるわ、凄いわね」

「私の言った通りだろ」

ベルが感心していると、レスターがやって来ました。その手にはペンダントを持っています。見せてもらうと、僕の小さい手にちょうど載るくらいの大きさで、ちょっと重くて銀色です。

パパが僕の所に来て、ペンダントについて教えてくれました。

「私達の、つまりマカリスター家の紋章《もんしょう》が彫ってあるんだぞ。分かるか？　まだ分かんないよな」

ペンダントにはドラゴンさんと剣の絵が彫ってあって、これが僕のお家の紋章なんだって。

昔むか～し、パパのおじいちゃんのそのまたおじいちゃんの、ううん、もっともっと前のおじいちゃんが、街を襲ってきた悪いドラゴンさんを倒したんだって。それでその時の様子を紋章にしたの。ドラゴンさんの紋章を使っていいのは、僕のお家と王様だけなんだって。

ん？　王様？　王様がいるの!?　え？

　このペンダントはお父さん魔獣達がつけます。さっきのイヌさん達の足輪とおんなじ。お父さん魔獣達が大きくて足輪はつけられないでしょう。だからペンダントなの。

　これは街の中で外しちゃダメなんだよ。外している時に街の騎士さん達に見つかっちゃうと、野生の魔獣が街に入ってきたって間違われて、攻撃されちゃうんだって。だから絶対に外しちゃダメ。

ローリーはペンダントをつけてないけど、有名だからいらないみたいです。凄いね、ローリー。

二匹がペンダントに頭を通します。二匹のお体は大きいから、ペンダントがとっても小さく見えるよ。これ大丈夫なの？

「どうだ、苦しくないか」

『ああ、大丈夫だ。お前の方はどうだ？』

『オレの方も大丈夫だ』

『お父さんカッコいい！』

『うん、カッコいい！』

　イヌさん達がお父さん魔獣達の周りをジャンプしたり走ったり。カッコいいけど小さくない？みんながいいならいいけど。

　イヌさん達の街に入る準備が終わったら、パパ達はまたお話を始めちゃいました。僕達はテントの中で、ぬいぐるみで遊んで、ママとベルはテントの中のお片付けを始めます。

　少しして、外にいたトレバーが準備できましたって言ってきました。お外に出たら、パパが僕のことを抱っこして、トレバー達が乗っていた、壊れていない馬車の方に歩いていきます。

「ぱ〜ぱ、こくにょ？」

「この前お泊まりした街にまた行くんだ。またお泊まりするんだぞ」

この前お泊まりした、近くの街に戻るみたいです。

パパは僕を抱っこしたまま馬車に乗ります。すると馬車の席の上に、僕が入ってきた木の実のカゴが乗ってました。その中に僕のことを入れるパパ。乗ってきたカゴは壊れちゃったからちょうど良かったって言ってる。前に乗ってた馬車が壊れた時、一緒に壊れちゃったのかな？

それから僕の木の実のカゴの隣に、イヌさん達のカゴも置いてありました。パパが馬車から下りて、イヌさん達を抱っこしてすぐに戻って来て、僕みたいに木の実のカゴに入れます。

僕達一緒なんて、嬉しいねぇ。ニコニコみんなで笑ってたら、あとから乗ってきたお兄ちゃんがいいなぁって。これは僕達小さい子しか入れないんだよ。ごめんねお兄ちゃん。

最後にママが乗ってきて、窓のカーテンを開けてくれます。

「ちゃんとお父さん達、馬車の隣にいますからね」

カゴから立ち上がってお外を見たら、ローリーとお父さん魔獣達が並んで立ってました。

『静かにしているのだぞ』

『街に入れなくなるかもしれないからな』

『僕達いつも静かだよね』

『ねぇ〜』

「ちぃ〜ねぇ」

みんなが乗ってすぐに馬車が動き始めました。それで僕はすぐに寝ちゃったんだ。

「ご無事で良かったです」

そのお声で目が覚めました。イヌさん達も一緒です。目を擦りながら外を見たら、もう暗くなっていて、馬車のドアが開くと騎士さんが馬車の中を見てきます。

パパがイヌさん達を抱っこして、さっき付けた足輪を騎士さんに見せました。騎士さんは確認しましたって、ニコニコ笑ってイヌさん達の頭を撫で撫で。

それからまたすぐに馬車が動き始めたと思ったら止まって、パパが最初にお外に出ました。イヌさん達は窓からお外に出ちゃったよ。僕はママと馬車から下りて、目の前にはこの前お泊まりしたお宿がありました。

「今日は特別にお前達の部屋もとったからな。ローリーだけならいいが、さすがにダークウルフ達まで一緒の部屋だときついからな」

パパがお父さん魔獣達にそう言って、部屋に行った僕達。パパ達はやることがあるから、それまでローリー達のお部屋にいなさいって、すぐにお部屋から出て行きました。

遊ぶのもいいけど、イヌさん達に聞きたいことがあったのを思い出しました。大切なことです。

「にょ～」

『なぁにぃ？』

『どうしたのぉ？』

「まえ、ディーよ」

僕の名前はジョーディだよ、と言います。

『知ってるよう？』

「わんわん、にゃあ、はぁ？」

『僕は僕だよ』

『ボクも』

う～ん、そうなんだけど。お父さん魔獣達にも名前がなかったから、何となくイヌさん達にもないのかなぁ、とは思ってたけど。お話しする時とか呼ぶ時、「なぁ」とか「おい」「ちょっと」じゃ、誰のことを呼んでるか分かんないでしょう？　だからお名前はあった方が良いと思うんだ。

それを言ったんだけど、イヌさん達は分かってくれません。ローリーが僕のお話を聞いていて、隣にお座りしました。

『ジョーディ、野生の魔獣に名前はないし、必要ないのだ』

「まえ、にゃいにゃい？」

『ああ、そうだ』

「が～、えりゅ？」

『ん？　ジョーディが名前を考えるのか。う～んそれはダメなのだ』

どうして？　僕がお父さん魔獣達にはカッコいいお名前、イヌさん達には可愛いお名前を考えてあげるよ。

僕、地球にいた時は入院ばっかりで、なかなかお家に帰れなかったけど、お家に帰った時は、お隣のお家で飼ってたうさぎさんと遊んでいました。あのね、隣の家のお兄さんがうさぎさんを飼った時に、僕にお名前考えてって言ってきたんだ。

だから一生懸命考えたんだ。二羽とも真っ白なうさぎさんでした。まん丸な白うさぎさん。だから名前はユキモチ君とユキマル君にしたの。可愛いでしょう？　お母さんとお父さんはもっと可愛い名前がいいんじゃない？って言って、お兄さんはとっても笑ってました。でもうさぎさんが飛び跳ねて喜んでたから、このお名前に決定。モチ君マル君元気かなぁ？

ね、僕、名前考えるの得意なの。だからお名前考えてあげるよ？

『ジョーディ、名前をつけるのは契約する時なのだ』

『どうやって説明したら分かるか？』

ローリーとイヌお父さん達が説明に困っています。

僕が考えこんでたらお兄ちゃんが、

「ジョーディあのね、パパとママが、魔獣にお名前をつけられるのは、魔法が使える人だけって言ってた。僕達まだ魔法使えないでしょう？　だからお名前つけられない」

と教えてくれました。

「まほ、ま〜ま、ぱ〜ぱ」

「うん。そう、魔法」

魔法が使えないとダメなんだ。そっかぁ。じゃあせめて言いやすいように、わんわんにゃんにゃんは？　お父さん魔獣達は、わんパパと、にゃんパパ。これならいいでしょう？　イヌさんとか、お父さん魔獣より言いやすいし。

ネコさんとイヌさんはすぐに気に入ってくれたみたいです。

『ボクにゃんにゃん』

『僕わんわん』

ローリー達が、それくらいならいいかって納得してくれました。じゃあ今日からこの呼び方で決定！

＊＊＊＊＊＊＊

ある街道を二人の男がスプリングホースに乗って走っていた。

そのうちの一人――老人が苛立った様子で声を上げる。

「もっと速く走らんか！」

「旦那様、これ以上後ろと離れては」

横を走る男が諫《いさ》めると、老人はまた叫んだ。

「孫の一大事なのじゃぞ！」

「分かっておりますが、これ以上離れては、あちらに着いた時すぐに動けません！」

「むぅ、まったく、もう少し皆速く移動できんのか？」

「それは旦那様が特別なのです。それからスプリングホースも」

「お前はついて来ているではないか」

「私を他の者と一緒とお考えで？」

「い、いやそんなことは……む、あれは!?」

老人は遠くに目をやると、何かを見つけたようだった。

4章　カメさんじぃじとキラービーお帽子

もぎゅもぎゅ、モグモグ、パクパク。お部屋で遊んでいたら夜ご飯の時間です。僕達みんなで一緒にご飯。お泊まりしているお部屋で食べてるんだ。

「ちぃ！」

『うん、美味しいね』

『僕はね、このお肉好き』

この前から木の実と果物ばっかりだったから、あったかいスープが飲めて、なんだかちょっとほっとしました。わんパパ達がご用意してくれたご飯も、もちろん美味しかったけど、あったかい物は安心します。

スープを飲んだ後に、赤ちゃん用パンを食べます。柔らかい白いパンです。それからやっぱり柔らかいお肉？　たぶん。僕ね、この頃スプーンとフォークを、上手に使えるようになったんだよ。口の周りがべとべとになっちゃうし、お洋服も汚しちゃうけど。

「あらあら、今日も色々な所にご飯食べさせてあげたわね」

お話が終わったママが僕のお隣に座って、ハンカチの準備をします。わんわん達がこっちを見てとっても笑いました。僕の顔が面白いって。それから僕が胸につけていたハンカチが新しい絵に変わったねって。

お洋服が汚れないように、いつもママが僕の胸の所に、ハンカチを付けてくれます。今日は薄い黄色とオレンジのしましま模様のハンカチだったんだけど、今はタレとかスープが付いちゃって、お花の模様みたいになっていました。うん、なかなか綺麗なお花です。

それでわんわん達が『僕も』って言って、お皿に残っていたタレを、自分のお毛々につけ始めました。わんパパ達もママもとっても慌てて、二匹を止めようとしたんだけど、二匹は前足でパシッ！　パシッ！と体を叩きます。そうしたらタレが飛んで、わんパパ達にもついちゃって。お部屋の中は大騒ぎです。

やっと二匹が静かになってその体を見たら、僕みたいな綺麗なお花はできてなかったけど、お目々の所が茶色になっていたり、水玉模様みたいになっていたりしました。

わんパパ達がぶつぶつ言いながら、二匹を浄化します。僕も一緒に、ママに顔を綺麗にしてもらいます。

その時トントンとドアを叩く音が聞こえて、レスターがドアを開け、お髭を生やしたおじいさんが中に入ってきました。

「これはこれは、見た限りでは元気そうですな」

「騒がしくてすまない。ルリエット」

パパが言うと、ママが僕のことを抱っこしてお椅子に座りました。おじいさんが近づいて来て、僕の方を見てお椅子に座ります。

手を僕の方に出してきたから、僕もおじいさんの方に手を伸ばそうとしたら、ママがダメよって言って、押さえちゃいました。

「すぐ終わりますからな」

おじいさんが僕の頭に手を載っけました。そしたらすぐに体がポカポカしてきて、だんだんとっても熱くなってきて、僕はブンブン足を振っちゃいます。

「もう少しですぞ。ふむ……これで終わりです。よく我慢しましたな」

おじいさんが手を離したらすぐに熱いのが消えました。おじいさんが、持ってきたカバンの中をゴソゴソ探ります。それで僕の手ぐらいに小さい、ローリーそっくりなお人形をくれました。

「大人しく受診《じゅしん》できたジョーディ様にプレゼントです」

「良かったわねジョーディ。ありがとうを言いましょうね」

「あちょ！」

ニコニコ笑うおじいさん。あっ、そうか、このおじいさん、サンタクロースに似てるんだ。赤いお洋服を着たらばっちりだよ。

「それで、ジョーディは」

「大丈夫です。何処も悪くありません。薬も必要ないでしょう」

「良かった。私は一応ヒールが使えるが、そこまで強いヒールはかけられないからな」

パパがほっとした顔をしました。

おじいさんがカバンを持ってドアの方に行きます。もう帰っちゃうみたいです。バイバイしたらバイバイし返してくれたよ。

「ま～ま、れ？」

「お医者さまよ。ジョーディの体の中にお怪我してるところがないか、見てくださったのよ」

「しゃ～ま？」

「そう、お医者様」

お医者さんってああやって診察するの？　なんか熱かったけどすぐに終わったね。僕が入院していた時は、何度も大きな機械の中に入ったり、血をとったり、点滴もいっぱいしたり。とっても大変だったのに。一日ずっと検査の時もあったし。こっちの世界のお医者さんが地球にいてくれたら良かったのに。

おじいさんが帰って、ご飯のお片付けも終わって、僕はわんわん達と一緒に、わんパパ達の背中に乗って遊びます。その間にパパ達はまたまたお話です。

「これからのことだが、馬車の準備ができ次第出発する。明後日までには用意できるだろう」

二日遅れてるんだって。本当だったらもう着いてるのに、あの馬鹿な冒険者達のせいでって、パパが怒ってます。でも怒るのはすぐに終わって、今度は心配なお顔に変わりました。

「きっと今頃、父さんもこっちに向かって来ているだろう。途中で会うだろうな」

「でしょうね。でもそれはお義父様が、私達の大切なマイケルとジョーディを心配してくださっているからよ」

「分かっている。だが、ジョーディがどういう反応をするか。少しずつ慣れさせようと思っていたのに、急に会ったら」

「マイケルは大泣きして逃げたものね」

お兄ちゃんが逃げた？　なんの話？


街に戻って三日目の朝、ご飯を食べて、みんなでローリー達に乗って遊ぼうと思っていたら、パパが出発するぞって。お外に行ったら、前に僕達が乗っていたものに似た馬車が止まってました。模様とか色とかが違うの。でも僕のお家のドラゴンさんと剣の絵はちゃんと描いてあります。

中に入ったら、ちゃんと木の実のカゴが置いてあって、すぐに僕達はその中へ。それから僕達のおもちゃが入っている、大きなカバンもちゃんと載せてありました。

「さぁ、予定とかなり違ってしまったが出発だ」

パパが乗ってすぐに馬車が動き始めます。パパ達とわんパパ達は二日間でいろんなお話をして、ローリーが言っていた通り、一緒に暮らすことになったんだって。嬉しいね！

『ジョーディ、何処行くの？』

『ジョーディのお家だよね』

「んにょ～」

『分かんないの？』

『じゃあ何処行くの？』

僕らのやりとりを聞いて、ママが笑いました。

「ふふ、これからみんなで、ジョーディのおじいちゃんのお家に行くのよ」

だよね。そうだよね。もし違うといけないから言わなかったの。だって色々あったから。

おじいちゃん、おばあちゃん、どんなかなぁ？　優しいおじいちゃん達がいいなぁ。

そう思っていたら、わんわん達が自分のおじいちゃん達のお話をしてくれました。僕に最初に、言葉が分かるようになる魔法をかけてくれたおじいちゃん魔獣達のことね。

わんわん達にはとっても優しいおじいちゃん達で、いつもいっぱい遊んでくれたって。でもわんパパ達にはいつも怒ってたみたいです。しっかりしろとか、もっとシャキッとしろとか。たまに蹴られてたって。それで遠くまで飛んじゃうんだって。

「ジョーディのおじいちゃんおばあちゃんも、とっても優しいわよ。きっとたくさん遊んでくれるわ」

『たくさん？』

『やったね！』

「たいのぉ！」

馬車はどんどん進んで、森の前まで来ました。窓もカーテンも閉めて、いよいよ森に入ります。

今日は何もなくちゃんと森に入れました。

僕達はおもちゃで遊んでいたけど、そのうち寝ちゃいました。起きたのはちょうど森から出た時。お兄ちゃんが窓を開けて、急に明るくなったから起きたの。くあぁってわんわん達と欠伸して、お腹が空いたのでママにお菓子って言いました。すぐにママがカバンから出してくれます。

ママがくれたのは柔らかいおせんべいみたいなお菓子。甘いんだよ。このお菓子はわんわん達も食べられるみたいで、みんなで二枚ずつもらって食べました。

食べ終わった時、急に馬車が止まって、御者さん――運転してくれるおじさんをそう呼ぶんだってパパが教えてくれました――の声がしました。

「旦那様、前から騎士らしき団体が。あの装備……先頭におられるのはサイラス様なのでは」

窓からアドニスさんが覗いてきて、

「サイラス様で間違いないだろう」

とパパに話しかけました。

「ずいぶん早く会うことになったな。明日あたりだとは思っていたが、どれだけ飛ばしてきたのか。よし、このままここで止まって待とう。向こうもこちらに気付いて、速度を上げるだろうから、この開けた場所にいた方が良い」

「いやだわ、今ジョーディ達お菓子食べたばかりなのに。大丈夫かしら」

何々？　どうしたの？　急にみんながワサワサし始めました。お兄ちゃんが僕の手を握って大丈夫だよって言ってくれます。サイラス様って言ってたから人だよね。また魔獣が来ちゃったんじゃないよね。心配になってきちゃいました。

「ローリー、二人に説明してくれ、大丈夫だと」

『分かった。良いか、オレがこれから説明することを……』

お外でローリーとわんパパ達がごにょごにょ、何かお話を始めました。ママはお兄ちゃんと僕がお外に出るための準備を始めて、パパは先に馬車から下りちゃいます。

少ししてたくさんの足音が聞こえてきました。スプリングホースの足音みたい。ママはその音を聞いて、そろそろ下りましょうかって。その言葉とちょうど同時に、パパが馬車のドアを開きました。ママが下りて次にお兄ちゃん、先にわんわん達が下りて最後が僕。そうやって下りている時でした。

『お父さん!?』

『お父さん助けて！』

声のする方を見たら、驚いて怖がっている顔のわんわん達が凄い勢いで、ぴゃあぁぁぁっ!!と走って行っちゃいました。僕はビクッとして固まっちゃいました。どうしたの？

パパに下ろしてもらい、僕は大事なサウキーのぬいぐるみを抱きしめて、ドキドキしながらお兄ちゃんのお隣に立ちます。サウキーを持ってると安心するから。

馬車の前にはたくさんの騎士さん達とスプリングホースがいました。でも、一番前にいる人は……。

他の騎士さん達よりも二倍くらい大きくて、硬そうなお洋服を着ていて、お顔にはドラゴンさんみたいな変な頭を被ってるの。な、なんか怖い……。

その変な人が僕達の方を見て、スプリングホースから下りました。

下りた時凄い音がしたんだよ。ガッシャ〜ンって。僕達の方に歩いてきたんだけど、やっぱり凄い音がします。ガッシャン、ガッシャン。僕の体、もっと固まっちゃいました。

変なお洋服を着た人が僕達のちょっと前で止まります。それから被っていたドラゴンさんを取りました。

ビクッ！　僕、またまたビクッてしちゃったよ。ドラゴンさんの中から出てきた顔が、とっても怖かったの。眉毛がちょっと太くて、怒ってるみたいに吊り上がってて、それからお口もムッてしています。あと、お髭が口の周りに生えていて。何でこの男の人は怒ってるの？

「父さん、ずいぶん早かったね。途中で騎士に会った？」

パパ、今なんて言ったの⁉　父さんって言った？　パパの父さん、お父さん……僕のおじいちゃん⁉

「ああ、事情も聞いた。が、それでも心配でな、急いで来たんじゃ」

パパがしゃがんで僕のお顔を見てきます。

「ジョーディ、パパのお父さんだ。お前のおじいちゃんだぞ。分かるか？　よし、挨拶しような」

よし、じゃないよ。本当におじいちゃんなの？　僕は体が固まったままなのに、パパがぐいぐい押してきます。ちょっとずつ歩く僕。パパ、離れないでね。

おじいちゃんの前まで行って、何とかご挨拶します。

「ちゃっ！」

おじいちゃんは何も言わないまま僕をじぃっと見て、その後ボソッと一言。

「サイラスだ」

とっても小さい声。近くにいなかったら聞こえなかったよ。

急にサイラスおじいちゃんがしゃがんで、僕のことを持ち上げました。今までもビックリしてて固まってたのに、抱っこのせいでパニックになって、側にいるはずのパパを探します。え？　何であんな所にいるの？

パパはいつの間にかママ達の所に戻っちゃってました。僕の目にちょっと涙が。その時ビリッて音が聞こえました。

今度は何？　慌てて音のした方を見ます。僕の持っているサウキーのぬいぐるみから音がしたみたい。僕はサウキーを持ち上げて確認しようとしました。そしたらまたビリリッて音がして。

「うえ、うえぇ……」

「まずい⁉」

「びゃあぁぁぁぁぁん‼」

僕、泣いちゃいました。おじいちゃんはよく分かんないけど怒ってるし、それから僕の大切なサウキーのぬいぐるみが、おじいちゃんの変なお洋服に引っかかっちゃって、お腹のところがビリリリって切れて壊れちゃったの。さすがに泣くのを我慢できませんでした。

おじいちゃんが僕のことを慌てて下ろします。僕は高速ハイハイでパパの所まで逃げます。しゃがんで待っててくれたパパ。そのお洋服にしがみ付いて抱っこしてもらおうと思うのに、慌てているから上手にできません。そのせいで余計泣いちゃいます。

「ば〜ば〜！　わあぁぁぁぁぁん‼」

『お父さん、ジョーディあんなに泣いてる！　やっぱり悪い奴なんだよ！　やっつけて！　シュシュ、シュシュッ！』

『ジョーディの大切なぬいぐるみも壊した！　お父さんもやっつけて！　キックだよ！』

わんわん達はわんパパ達の後ろに隠れながら、攻撃するマネをしていました。

「ば〜ば〜！　うえっ、うえぇ」

あんまり泣きすぎて吐いちゃいました。ママが慌てて僕を抱っこして、涙で濡れた顔を拭いて背中をぽんぽんしてくれます。でも全然泣くのが止まらなくてまた吐いちゃって……。ママはおじいちゃんにすみませんって言って、僕を抱っこしたまま馬車に乗りました。

馬車に戻った僕。かなり時間がたってから、やっと涙が止まりました。そしたらベルがお洋服を持ってきてくれました。僕が吐いて今の服を汚しちゃったから。せっかく僕の大好きなサウキーの絵が付いているお洋服だったのに……それに。

僕はずっと握っていたサウキーのぬいぐるみを見ました。森にいた時にも汚れちゃって、その後ママに魔法で綺麗にしてもらったのに、今度はビリリリッて切れて壊れちゃいました。

「ま〜ま、しゃうきー」

「ああ、サウキーは大丈夫よ。ママが綺麗に直してあげるわ。でもこれ以上壊れないように、ないないしておきましょうね」

ママが小さな袋にサウキーを入れて、その後おもちゃの入ってるカバンにしまいました。ほんとにちゃんと直る？　僕、サウキーなくなるのヤダよ。

着替え終わると、ママが僕にお話ししてきました。

「おじいちゃんは怖くないわよ」

「にゃいのぉ……」

僕はおじいちゃんみたいなお顔をしました。それでママは言いたいことが分かったみたい。

「おじいちゃんはいつもあのお顔なのよ」

え？　あの怖い顔が？　だってほんとに怖い顔だよ？　それに怒り顔だけじゃなくて、他にもあるんだよ。

「しゃうきー、ブー」

「そ、そうね、サウキー壊しちゃったわね……それは、想定外だったわ」

ママが小声でボソッと付け加えます。

僕のサウキーに意地悪する人なんて嫌いだもん。僕はプイってしました。

お外でみんながお話ししているお声がちょっとだけ聞こえます。わんわん達が怒っているお声と、わんパパ達がそれを止めているお声も。

『ジョーディ泣いた！』

『泣かせるのダメなんだよ！』

二匹とももとっても怒ってくれてます。

「あのねジョーディ。ジョーディがママのお話、どのくらい分かってくれるか分からないけど……」

ママが静かにお話を始めました。

おじいちゃんが着ていたあの変なお洋服は甲冑《かっちゅう》って言うんだって。戦う時に着るお洋服なの。

普通の人が着る甲冑はもっと小さいけど、おじいちゃんは他の人よりもお体が大きいから、甲冑も大きくなっちゃいます。それから被っていたドラゴンさんは、おじいちゃんだけが被れるお帽子《ぼうし》なんだって。

僕がにゃんパパに森の中に連れて行かれちゃった時、パパは騎士さんに頼んで、おじいちゃんにそのことを伝えてもらいました。

それでおじいちゃんは僕のことを助けに来てくれたんだって。どんな魔獣とも戦えるように、おじいちゃん専用の甲冑まで着てきてくれて。

でも、おじいちゃんが来てくれる前に、僕は森から出てきちゃいました。お父さんは慌ててまたおじいちゃんに、僕が無事だって騎士さんに伝えてもらったんだけど、それでも僕のことを心配して来てくれたんだって。

「こんな難しい話、まだジョーディには分からないわよね。どうしましょう、このままお外に出たらまた泣いちゃうわよね」

僕のことをいっぱい心配してくれる、優しいおじいちゃんなんだね。お顔怖いけど。ならもっと笑ってくれたらいいのに。ニコニコって。

「じちゃ、ちい？」

おじいちゃん、優しい？と聞いてみます。

「ええ、とっても。ジョーディ、ママのお話分かったの？　まさかね。でも何となく分かったのかしら？」

僕がだいぶ落ち着いたと思ったママが、馬車から下りる準備を始めました。それでそっと馬車から下ります。大丈夫だよ、さっきみたいに泣かないはず。でも僕のことは抱っこしたまま、下ろさないでね。

それからサウキーのことは、いくら優しいおじいちゃんでも、僕まだ許してないからね。僕のための甲冑でもそれはダメ。

馬車から下りたら、あれ？　なんか変な感じがしました。下りてきた僕達を見るパパとお兄ちゃん、それからアドニスさん達。その後ろにおじいちゃんがいるんだけど……。おじいちゃん、さっきよりも小さくなってない？

僕とママが近づいたら、おじいちゃんがビクッてなって、おじいちゃんのお隣に立ってた男の人が、おじいちゃんのお背中をバンッ！と叩きました。

「何をするか!?」

「ピンッと背筋を伸ばしてください」

「分かっておるわ」

おじいちゃんの足元に、わんわん達がいるのが見えました。足元をぐるぐる回って、時々止まって攻撃のマネをします。

わんわんはタアッてキックするマネ。にゃんにゃんはシュッって引っ掻くマネです。

二回それをやって、僕が来たことに気付いたわんわん達は、急いで僕の所に走ってきました。

『ジョーディ、大丈夫？』

『サウキー大丈夫？　僕達が怒ってあげてるからね』

わんわん達がそう言ってくれたんだけど、わんパパ達が二匹を咥えて、後ろに下がりました。わんわん達が怒ります。あとでちゃんとありがとうを言わなくちゃ。だって僕のために怒ってくれたんだもんね。

ママがそっとおじいちゃんに近づきました。おじいちゃんもこちらに少しだけ近づきます。僕はちょっとだけビクッ。おじいちゃんが止まりました。大丈夫、大丈夫。お顔は怖いけど大丈夫。そう思ったら、ビクッってしても体は固まりませんでした。もちろんママの洋服は握ったまんま。もう一回ご挨拶した方が良いよね。僕は小さな声でご挨拶します。

「ちゃ……」

聞こえたかな？　おじいちゃんは黙ったまんま。それを見てわんわん達がまた怒ってくれます。

『やっぱりジョーディのこと嫌いなんだ！』

『僕達がやっつけてあげるよ』

そしたらおじいちゃんの隣に立っていたおじさんがため息をついて、おじいちゃんにごにょごにょ何かお話しします。それからおじいちゃんがそっと近寄って来て、僕とおんなじ小さな声でご挨拶してくれました。

「あ～、その、こんにちはじゃな」

そのとたん、お隣にいたおじさんが怒りました。

「何ですかその挨拶は！　剛腕《ごうわん》の騎士と言われた人物が！　しっかり挨拶をして頭を撫で、その後はぬいぐるみを壊してしまったことを謝るのです！」

　こ、怖いぃ～。僕もわんわん達もビクッてしちゃいました。おじいちゃんもビクッてしてお首が縮んじゃったの。甲冑の中に入っちゃった……カメさんみたい。

「めしゃ！」

「ふふ、そうね。カメさんね」

　僕がカメさんって言ったら、周りにいた人達がみんな笑い始めました。僕、変なこと言った？　だってカメさんみたいでしょう？

　おじいちゃんは最初ポカンってお顔をしていたけど、みんながいっぱい笑ってたら、おじいちゃんもガハハハハッて笑い始めました。怖いお顔のまま笑ってます。

「いや、ワシが悪かった。そうだな、カメだな。じぃじとしてしっかりせんと」

　おじいちゃんが僕の頭をガシガシ撫で撫でして、それからちょっとしゃがんで僕の顔と自分の顔を一緒の高さにしてくれます。

「ワシはジョーディのおじいちゃん、じぃじじゃぞ。パパのパパじゃ」

「父さん、それじゃあ余計分からなくなるよ」

「む、そうか？　ならただのじぃじだ！　さっきはジョーディの大事なぬいぐるみを壊してしまってすまんかったのう。ごめんなさいじゃ」

　おじいちゃん……ううん、じぃじがごめんなさいしてくれました。それからさっきまでの怖いじぃじじゃありません。今は笑っているカメさんじぃじです。

「かめしゃん！」

『カメさん！』

『カメさんだ！』

「ジョーディ、わんわんもにゃんにゃんも、じぃじよ。カメさんじゃないわ」

だってカメさんだよ？　僕達がカメさんカメさんって言ってたら、じぃじが何回もカメさんしてくれました。僕達はもっともっとって。

本当はもっと見たかったんだけど、パパ達が森の出入口は他の人の邪魔になるからと言うので、僕達は馬車に、カメさんじぃじはスプリングホースに乗って、今日お泊まりするお宿がある街まで移動することになりました。

僕とわんわん達が窓からお外を見たら、カメさんじぃじと、じぃじと一緒に来た騎士さん達が先頭を歩いているのが見えます。カメさんじぃじ、みんなよりも大きいからね、よく見えるよ。

少ししてカメさんじぃじが、馬車の所まで下がってきました。それでドラゴンさんのお顔の所をパカッて開けて、目だけ見えるようになりました。

「ルリエット、サウキーのぬいぐるみは直りそうか？」

僕はママの方を見ました。今ママは僕のサウキーのぬいぐるみを直してくれてるの。もう半分くらい直っています。ママは縫《ぬ》うのが上手だから、お泊まりする街に着くまでに直してくれるって。

良かった、僕のサウキー。

「大丈夫です。綺麗に切れていたので、これなら元通りに直せますよ」

「そうか、良かった。が、ジョーディには可哀想なことをしてしまったからのう、街に着いたら新しいおもちゃを買ってやらんとな。そっちのおチビ二匹にものぉ」

カメさんじぃじがおもちゃを買ってくれるって。じゃあじゃあ、街を歩けるかな？　僕、まだ街を歩いたことない。それにお店も見てみたい。わんわん達は何のことか分かってなくて、ポカンとしています。

「ジョーディ、嬉しそうだな。父さんの話が分かったのか？」

パパが不思議そうな顔をしています。ママが、僕がニコニコ嬉しそうなのはいつものことでしょって苦笑しました。

いつの間にか寝ちゃっていた僕達。起きてお外を見たら夕方でした。それからすぐに街に着きました。

僕は窓から街を見てビックリです。今までで一番大きな街で、街に入っていく人達も、出て行く人達もいっぱい。魔獣もいっぱい。もうすぐ夜なのに街から出ちゃっていいのかな？

パパに抱っこしてもらって、もっと窓から顔を出します。前の方に、長い長い列ができていました。

「相変わらずこの街は混むな」

「仕方ないわよ。お義父様の住むリアルストンへ行くまでに、大きい街はここだけだもの」

「そうなんだが、もう少し検査が早くならないものか」

「それだけきちんと検査して、街を守ってくれているってことでしょう？　ゆっくり待ちましょう。さぁジョーディ、サウキー直ったわよ」

「しゃうきー!!」

僕はサウキーを抱きしめます。ほんとにママ、街に着くまで、じゃなくて街に入るまでにサウキー直しちゃった。僕はママにありがとうします。

「あっちょ!!」

僕は直ったサウキーを抱っこしてニコニコ。自分で作ったお歌を口ずさみます。わんわん達も一緒に歌いました。

それでいっぱい歌ってたんだけどね。ここに来た時は少しずつ進んでいた馬車が、今はピタッと止まって全然動きません。パパ達もどうしたのかって、さっきからお外を何回も見ています。ちょっとしたらアドニスさんが窓の所に来て、列の先頭を見てくるって走って行っちゃいました。

待っている間、僕はおしっこしたくなっちゃって馬車から下ります。それでちょっと離れた小さな小屋みたいな所に行きました。その小屋はおトイレでした。僕がトイレトイレって言っていたら、パパが独り言をつぶやきました。

その独り言で分かったのは、この街は入るまでにいつも時間がかかるから、みんなが困らないようにおトイレを作ってあるってこと。僕みたいに小さい子はおトイレを我慢できないし。それに馬車に酔って気持ちが悪くなって、それでおトイレに来る人もいるみたいです。僕はママがくれたグミみたいなののおかげで、気持ち悪くならないけど。

おしっこが終わっておトイレから出たら、いろんな所からいい匂いがします。周りでご飯を作っている人達がいました。こんな人達、おトイレ入った時にいたっけ？　慌てておトイレに入ったから気が付きませんでした。なかなか街に入れなくて、お腹すいちゃったのかな？

あれ？　でもみんな立ち上がっておんなじ方向を見ています。変なの？　早く馬車に戻ってみんなとまた歌おう！　僕はパパの手を引っ張ります。

「ぱ〜ぱ、くにょ！」

「……」

「ぱ〜ぱ？」

「……」

パパ、何も言ってくれません。それに全然動かないの。僕はパパの顔を見ました。そしたらパパもご飯作ってる人達とおんなじ方向を見てて。

「ぱ〜ぱ、くにょう！」

パパの手を強く引っ張ります。

「ぱ〜ぱ！！！」

パパは何も言わないまま急に僕のことを抱き上げて、馬車に向かって走り始めました。他の人達もバタバタ走り始めます。ご飯作ってる火消さないと危ないよ？

ん？　いろんな所から声も聞こえてきました。列の先頭の方からたくさん声が聞こえます。後ろの方はちょっと静か。

馬車に戻ったパパが僕を木の実のカゴに入れて、わんわん達にもカゴに入れって言いました。ママはお兄ちゃんのことを抱きしめています。

あの時――わんパパ達が来た時みたい。また魔獣が来ちゃったの？　それとも悪いことする冒険者さん？

窓からカメさんじぃじが覗いてきて、少し離れた方が良いってパパに伝えます。馬車が動き出して、せっかく並んでいたのに、後ろに下がり始めました。

「ワシは前に行ってくる。騎士達だけで抑えられるじゃろうが、一応な」

「暴走してるのは何ですか？」

「キラービーの群れじゃ。街の西方向から急に現れたようじゃ。何処かの冒険者がしくじったのかもしれん」

それを聞いて、お外のローリーとわんパパ達が言いました。

『ラディス、オレも行ってくる』

『俺達もな。キラービーの群れはやっかいだからな』

『数が多くて、一度襲われるとそれにまた群がってくる。子供達に何かあっては困る』

キラービー？　どんな魔獣なんだろう？　窓からは、カメさんじぃじや騎士さん達が走っていく頭だけ見えました。きっとローリー達も走って行ったはず。

パパが窓を閉めて、また馬車が後ろに下がったのが分かりました。それにさっきよりも周りが騒がしいみたいです。

わんわん達が教えてくれたんだけど、キラービーはハチさんの魔獣みたいです。大きさは決まってなく、僕達よりも小さいのもいるし、ローリーよりも大きいのもいるんだって。

キラービーが好きな食べ物はいっぱい。葉っぱもお花も、お魚さんもお肉も、何でも食べちゃうの。だから人でも魔獣でも誰でも襲ってくるから危ないんだって。前にわんわん達も追いかけられちゃって大変だったたって言ってます。

それからキラービーが集めたハチミツはとっても美味しいみたいです。わんわん達はいつも足の速い大人と一緒に、攻撃に強いわんわん魔獣達がキラービーと戦っている間にハチミツを集めて、お家に持って帰ってみんなで食べてたんだって。

でも気を付けないと、ハチミツの匂いを追って来て襲われちゃうの。だからハチミツを食べる時は、とっても臭い葉っぱを集めてきて、臭い中で食べるんだって。

『おいしいけどぉ、くしゃいの』

『ねぇ』

せっかく美味しいのに、臭いのは嫌だなぁ。

僕達がお話ししてたら、外からブ〜ンって大きな音がしました。今のがキラービーが飛んでる音なんだって。とってもたくさん聞こえます。それからあっちに行ったぞとか後ろだとか、いろんな声も。

どんなかなぁ？　ちょっと見てみたいです。大きさが違うのは分かったけど、地球のハチさんとおんなじ色かな？　姿も一緒？　臭いのは我慢しなきゃだけどハチミツも食べてみたいし。

そんなことを考えてたら、アドニスさんの声がすぐ近くから聞こえました。

「外に出るなよ！　思っていたよりも数が多い！」

その言葉にパパが声を上げます。

「私も行った方が良いか！」

「いいや、お前はそこにいろ！　それよりもルリエット、力を貸してくれ！　魔法で馬車の周りのキラービーをどうにかしてくれないか！　俺とルリエットでここを守って、騎士達を別の場所に回したい！」

「分かったわ！　マイケル、パパの方に」

お兄ちゃんがパパのお隣に座ります。

「気を付けて」

「大丈夫よ。数が多いだけのキラービーなんかに、私は負けたりしないわ」

ママが僕とお兄ちゃんのおでこにキスして、馬車のドアをサッと開けました。開けた瞬間、目の前に大きな大きなハチさんが現れます。

ローリーとおんなじくらいの大きさで、色は体の上半分が黄色で、下が黄色と青色のしましまでした。形は地球のハチさんとおんなじで、その大きなキラービーが、ママのことをお尻の大きな針で刺そうとしたの。

「ファイアーボール!!」

ママがそう叫んだら、いきなり大きな燃える火のボールが出て、キラービーにぶつかりました。

ボワァァァァッ‼　凄い勢いでハチさんが燃えて真っ黒になって下に落ち、わんわん達がおお～って言います。もちろん、僕もね。

「まったくドアの前にいるなんて、邪魔なんだから。じゃあ行ってくるわね」

何もなかったみたいにニコニコしながら、ママがひらって馬車から下りて行きました。パパがすぐにドアを閉めます。ママ凄いね、一瞬で倒しちゃった。どのくらいキラービーがいるか分かんないけど、あんなに強いんだもん。きっとすぐに倒して戻って来てくれるよね。

ママが馬車を下りてから、ずっと周りでママの声とアドニスさんの声が聞こえていました。ブ～ンっていうキラービーの音は、最初たくさん聞こえたけど、だんだんと少なくなってきた気がします。

「あ～もう、面倒くさいわね」

ってママの声が。そのとたん、馬車のお屋根に何かが乗ってきたの。ガタガタンッ！　馬車がとっても揺れました。パパが「またあいつは」って呻《うめ》きます。それからスカート穿いてるんだぞって怒ってます。

「ファイアーウェーブ‼」

馬車の上からママの声が聞こえて、馬車の中がちょっとだけあったかくなりました。

もしかして、馬車の上にいるのはママなの？　ママ何してるの、落ちたら危ないよ？

「ぱ～ぱ、ま～ま、ボッ？」

「ああ、そうだぞ。ママが魔法でキラービーを倒してくれてるんだ」

「ママの魔法は凄いんだよ！」

お兄ちゃんがニコニコしながらママの魔法のお話を始めました。

ときどき林や森からとっても強い木の魔獣が、村や街に人や他の魔獣を襲いに来るんだって。僕の住んでいる街にもその木の魔獣がたくさん来ちゃったの。うんとねぇ、三十匹くらい。

でもママがいたから、みんな怪我しませんでした。木の魔獣が街の中に入る前に、ママが火の魔法で一度に、全部の木の魔獣を燃やして倒しちゃったんだって。

お兄ちゃんはお家のお屋根で、パパとローリーと一緒にそれを見てました。パパはママが木の魔獣を倒すのを分かってたから、ゆっくりお屋根の上で見てたんだって。

「マイケル、たくさんお話ししても、ジョーディはそんなに分からないぞ。こういう時はママは強いと言っておけばいいんだ」

「そっか、ジョーディ、ママはとっても強いんだよ」

ちゃんとお話分かったよ。ママはパパよりも強いってことだよね。だってアドニスさん、さっきパパじゃなくてママを呼んだし、木の魔獣が街に来ちゃった時も、ママが倒したんだもんね。ママ凄いねぇ。

お兄ちゃんがお話ししてくれてるうちに、お外がとっても静かになりました。誰かが馬車のお窓をコンコンと叩きます。パパが窓を開けたらママが馬車の中を見てきました。

「マイケル、ジョーディ。出てきなさい」

「大丈夫なのか？」

「ええ、私達と他の人達の所もね。キラービーはお義父様の方に全部飛んで行ったわ。一か所に集まって攻撃するって決めたみたい。だからもう大丈夫よ。それより二人共、早く馬車を下りてこないと、いいものが見れなくなっちゃうわ」

ママが早く早くって楽しそうに言います。お兄ちゃんがジャンプして、次にわんわん達が、最後にパパが僕を抱っこして馬車から下りました。

下りたらいろんな所にキラービーが落ちていて、それを騎士さんや剣やオノを持った人達が切ってお片付けしています。他の人達は街の入口の方を見てました。

ママの所に行くと、ママが街の入口を見てなさいって。

入口の方を見たら、たくさんのキラービーが集まっていました。いっぱいすぎて、何匹いるか分かりません。まだあんなにいるのに、僕達がお外に出ても大丈夫なのかな？　僕は他の人達を見ます。でも、みんなニコニコしてるの。あと、わくわくしています。さっきまでみんな逃げろとか騒いでたのに。

僕がよそ見してたら、ローリーとわんパパ達が、入口の方から走って帰ってきました。

パパが優しい顔で迎えます。

「お帰り」

『サイラスが戻れと。アレをやるらしい』

「やっぱりそうか」

『孫にカッコいい姿を見せなければ、と言っていたぞ』

「はぁ、カメさんじぃじって呼ばれて、かなり浮かれていたからな。やりすぎないと良いが」

何々？　カメさんじぃじが何かするの？　わんわん達は入口の方がよく見えるように、わんパパ達の背中に乗っかります。

二匹が乗っかった瞬間、何匹かのキラービーが、一気に右の方に飛ばされました。ばしゃあぁぁぁって感じ。飛ばされたキラービーは体が半分になってたり、羽が斬られて飛べなくなっちゃったり、みんなボロボロです。ビックリしてたらすぐに、今度は左の方にいたキラービーがまた、ばしゃあぁぁぁって飛ばされました。

「ジョーディ、よく見て。キラービーがいっぱいいるその中に、カメさんじぃじがいるわ。ほら」

ママが指さします。え～何処ぉ？　キラービーしかいないよぉ？　お兄ちゃんもローリーに乗っかって見ているけど、分かんないみたい。わんわん達も何処ぉって。

僕達が探してたら、今度は真ん中に溜まってたキラービーが飛びました。残ったキラービーが少しだけ上に飛びます
あっ!!　見えた!!　カメさんじぃじが大きな剣を持って立ってました。それで右上の方からキラービーが、カメさんじぃじに向かって下りてきます。それでカメさんじぃじに近づいたら、さっきみたいに飛ばされちゃったの。

「う？」

『何でぇ？』

『キラービー飛んじゃったぁ？』

左上にいたキラービー達もおんなじことをして、また飛ばされちゃいます。じぃじは全然動いてないのに。それにじぃじの周りに誰もいないし。どうしてキラービーが飛ばされるんだろう？

「相変わらず、お義父様凄いわね」

「もういい歳だろうに。ジョーディどうだ？　じぃじ凄いだろう？」

「ごいぃ？」

「パパ、おじいちゃんは何が凄いの？」

僕達の思っていたこと、お兄ちゃんが聞いてくれました。

「あっ、しまった。いつもの通りにしたら、マイケル達には見えないな」

「あら、そうよね。アドニス、お義父様にもう少しゆっくりやってくださいって、言って来てもらえる？　ジョーディ達が分からないまま終わっちゃうわ」

ママの頼みにアドニスさんが頷きます。

「分かった。巻き込まれて斬られないように注意しないと」

「剣の範囲に気を付けろよ」

パパに頷いた後、アドニスさんはスプリングホースに乗って、カメさんじぃじの方に走っていきます。その間もカメさんじぃじの周りのキラービーは飛んでいて、ときどき飛んだキラービーがこっちまで飛んできます。ローリー達にぶつかりそうになっちゃって、ローリーとわんパパ達が慌てて逃げていました。

『人間の力とは思えん』

『良いか、ジョーディの家族は、普通の人間と思わないことだ』

『確かにルリエットも……』

ローリー達が何かお話ししているうちに、アドニスさんがカメさんじぃじの近くまで行って、キラービーを避けながら何かをしています。たぶん、お話ししてると思うんだけど。

すぐに振り返って、こっちに戻って来るアドニスさん。アドニスさんが戻って来る時、さっきまでこっちに飛ばされてきていたキラービーが、違う方向に飛び始めたんだけど、それがアドニスさんにぶつかっちゃいました。戻って来たアドニスさんに集まる僕達。

『キラービーだぁ!!』

『上手に被れたね！』

「あはははっ！　おじちゃん面白い!!」

「ビーねぇ！」

キラービーの頭の部分が、ちょうどアドニスさんの頭の上に載っていて、キラービーのお帽子を被っているみたいになってました。頭のちょんちょんが可愛いです。

「くそっ、最悪だ」

アドニスさんがキラービーお帽子を取っちゃいます。

あのキラービーのお帽子、僕も被れないかな？　あとでできたらやってみよう。アドニスさんはお帽子を被ったせいで髪の毛がべたべたです。僕達のお隣で、水の魔法で髪の毛を洗っています。僕も洗ってもらえば大丈夫だよね。それか、わんパパ達に浄化してもらうの。僕、頭のちょんちょんが気に入ったよ。

「ほら、みんな見逃しちゃうわよ」

ママが僕達のことを呼んだから、もう一回カメさんじぃじの方を見ました。

カメさんじぃじが剣をグルグル回しました。今度は真上からキラービーが飛んできます。バサアァァァァァッ!! キラービーが飛びました。

おおお！ おおおおおおっ!! カメさんじぃじがグルグル回していた剣を止めた次の瞬間。飛んできたキラービーを一度に全部斬って飛ばしちゃったんだよ。

それから今度は右と左、両方から飛んできたキラービー達も、カメさんじぃじがもう一回剣をグルグル回して止めたら、また全部のキラービーが斬られて飛ばされて。

凄い凄い！ カメさんじぃじカッコいい!! あんなに大きくて重そうな剣をグルグル回せるなんて。

『こう！ こう？』

『違うよ、こうだよ！』

わんわん達がお手々で、頑張ってじぃじのマネをしています。

「じぃじ凄い！ がんばってぇ!!」

お兄ちゃんはカメさんじぃじの応援。僕は両方の手を上げて万歳《ばんざい》の格好です。

「ぶわぁ!! じじ、ぶわぁ！」

「そうだな、ぶわぁ！だな」

僕は万歳した手をバタバタして上げたり下げたり、足もバタバタ大暴れです。これでもカメさんじぃじを応援してるんだよ。

それからも、少し離れて残っていたキラービーをどんどん倒すカメさんじぃじ。あんなにいっぱいいたキラービーを、あと少しで全部倒せます。

ん？　あと少しなのにカメさんじぃじが止まりました。あとちょっとだよ。どうして止まっちゃったの？　疲れちゃったのかな？

「これで最後だな」

パパがそう言ったら、残っていたキラービーが全員カメさんじぃじの所に。そしたらカメさんじぃじが自分も一回転しながら剣を一回転させて、一気に全部のキラービーを倒しちゃったの。僕達はそれを見てまた大騒ぎです。

わんわん達がいろんな所を走り回って、お兄ちゃんはローリーをバシバシ叩いてカッコいいって叫んで、僕は……また手と足をバタバタ。

バシッ!!　ん？　今何かに手が当たったような？

「うっ!?」

う？　今のパパの声？　僕は上を見上げます。パパが顔を手で押さえてました。うんと、お鼻のところね。それで手を離したら、パパの鼻から鼻血が。パパどうしたの!?

「ぱ～ぱ、ちゃの!?」

ママがあらあらと言って、パパから僕を受け取ります。パパは自分にヒールを使いながら、

「ちゃの？って、ジョーディ。ジョーディの手が当たったんだぞ。イテテテ。赤ん坊だと侮《あなど》っていたが、かなりの強さだな」

と痛がっていました。さっきのバシッて、僕の手がパパの鼻にぶつかった音だったんだね。ごめんなさい。僕はパパの鼻に手を近づけて撫で撫でしてあげます。

そんなことをしてたらカメさんじぃじが、ニコニコしながら僕達の所に帰ってきました。僕はママの顔に手がぶつからないように、ちょっと静かにバタバタ。お兄ちゃんは拍手して、わんわん達はカメさんじぃじの周りをぐるぐる跳ね回ります。それでみんなでカッコいいって言いました。

「そうじゃろう、そうじゃろう、じぃじは強いじゃろ。ガハハハハハハ!!」

もうカメさんじぃじ、全然怖くありません。じぃじが急に動いても近づいて来ても、僕の頭を撫で撫でしてきても、ビクッてならなくなりました。

じぃじが全部のキラービーをやっつけてくれたから、遠くに逃げていた人達も戻って来て、また列ができ始めました。騎士さん達やアドニスさん達、それからパパ達は、生きてるキラービーがいないか調べ始めます。

僕はローリーと一緒に、馬車に乗ってなさいって言われたんだけど、お兄ちゃんと一緒にパパ達のお仕事を見たいから、馬車の所で見学です。ママもお手伝いに行っちゃったから、ローリーが僕達のことを見ててくれてるの。

パパがキラービーの頭のちょんちょんを持って運んでるのを見て、僕はアドニスさんが被ってた、キラービーお帽子のことを思い出しました。アレ、まだお片付けしてない!?　僕は慌ててキラービーお帽子を探します。

あっ、あった！　まだ捨てられてなかった。僕は急いでそっちの方によちよち歩き始めました。

『ジョーディ！　何処に行く！　勝手に動くとラディス達に怒られるぞ!!』

ローリーがすぐに追いかけて来て、僕のことを止めます。

「ち〜よ〜」

わんわんとにゃんにゃんが追いついて、僕の話を聞いてくれます。

『あっちだってぇ』

『あっちの何処？』

「ビービー」

『あそこに落ちてる、さっきおじちゃんが被ってた、キラービーの所だって』

『あそこか？　あそこならば大丈夫か』

わんわん達が僕のお話を伝えてくれたから、キラービーお帽子の所に行くことができました。ありがとね、二人共。

頭をちょっと触ってみます。ちょんちょん。ふわふわしてる？　今度は撫で撫でしてみます。上の方はふわふわなお毛々が付いてててとってても気持ち良くて、下の方はとっても硬かったです。下が硬いから、被るとヘルメットみたいな感じになるかも。

頭を触った後は、頭に付いてるちょんちょんを突《つつ》いてみました。びよんびよんって揺れてとってても面白いんだよ。わんわん達も僕のマネをしてちょんちょんを触ります。壊さないでね。僕、このちょんちょんが気に入ってるんだから。

わんわん達が離れたから、お帽子を被ろうと思って、キラービーを持ち上げようとしました。でもまたローリーが止めます。

『危ないだろう。今度は何がしたいんだ』

「ち〜。ちょっ！　ちょんちょ〜」

『おじちゃんのマネだって』

『触角《しょっかく》が気に入ったから、おじさんみたいに頭に被るんだって。面白そう、ジョーディが終わったら、僕もやってみようかな』

『は、被る？　これをか!?』

ローリーは口をあんぐりと開けます。

僕はこくんって頷いて、またキラービーお帽子を持とうとしました。そしたらローリーが横から取ろうとしたんだよ。僕とローリーで引っ張り合いっこになって……僕がローリーに勝てるわけがありません。僕からお帽子を取ったローリーが、遠くに投げちゃいました。

そしたら落ちた時に、キラービーお帽子のちょんちょんが片方折れちゃったの。僕のちょんちょんが!!　それを見て、思わず泣いちゃいます。

「うぅ、うわあぁぁぁぁぁん!!」

『あ〜、おじちゃんが泣かせた！』

『いけないいんだぁ!!』

わんわん達が怒ってくれるけど、ローリーは怖い顔です。

『いや、これは絶対にダメだ』

僕の泣き声が聞こえたみたい。パパとママがすぐに僕の所に来て、ママが僕のことを抱っこしてくれます。パパはローリーやお兄ちゃん、わんわん達に、何があったのか聞きました。

でも、答えはローリーと一緒で、僕にあのキラービーお帽子はダメって言いました。それを聞いて僕はもっと泣いちゃいます。あれは僕のお帽子だもん。絶対に被るんだもん。

すると、今度は遠くで色々していたカメさんじぃじが、僕の所に走ってきました。それでパパからお話を聞いて、カメさんじぃじもダメだって。

何でみんなダメって言うの？　カメさんじぃじもドラゴンさんのお帽子を被ってるでしょう。

じぃじが良いのに僕はダメなんて……。

ちょんちょんが片方壊れちゃっててもいいから、あのキラービーお帽子を絶対被るよ！

「ジョーディ、あれはダメなんじゃ。あれは魔獣そのものじゃからな。被れば魔獣の血でべとべとになって、そのせいで他の魔獣が寄ってくるかもしれん」

血の臭いってなかなか取れないんだって。アドニスさんはさっき頭を洗って綺麗になったけど、魔獣はそれでも気が付くんだって。

もしその臭いで魔獣が寄ってきちゃったら、僕なんか何もできない赤ちゃんだから、すぐに食べられちゃうぞって言われました。

僕だけが危ないんじゃありません。この街にいる人達も危なくなります。みんなが倒したキラービーの血で、とっても手も汚れちゃってるでしょう。これから騎士さんや冒険者さん達は、お片付けが終わってから少しの間、街の周りを監視しなくちゃいけないの。血の臭いで他の魔獣が街に来ちゃうと大変だから。

カメさんじぃじは、困った顔でこぼしました。

「ジョーディにこう言ったところで分からんよのう」

分かるよ。とっても危ないってことだよね。分かったけど、でも僕、あのちょんちょんお帽子を被ってみたいの。

その後、僕がどんなにキラービーお帽子のことが気に入ったのか、泣きながら訴えてもダメでした。アドニスさんがキラービーお帽子を持って、お片付けしてお山みたいになってる、キラービーのゴミの所に、持って行っちゃいました。

僕はずっと泣いたまま。周りはもう暗くなってて、お宿に着いたらすぐに夜ご飯だったけど、僕は泣いてて少しも食べられませんでした。

ご飯の時間が終わってもぐすぐずの僕に、カメさんじぃじが、明日はたくさんおもちゃを買ってくれるって、それから僕が食べられるお菓子も、たくさん買ってくれるって。一生懸命僕のこと元気にしてくれようとしてるんだけど。

「……ちょんちょ、ぐす」

「ジョーディ、ちょんちょんはないんだ。諦めなさい」

「じじ、しゃんちーね！」

『カメさんじぃじは、ドラゴンのお帽子持ってるのにって』

僕の言葉にパパが一瞬、うってなりました。

その後のことはよく覚えてません。いつの間にか寝ちゃってたの。それで次の日起きた時、またちょっとだけ寂しくなっちゃいました。

僕ね、さっきまでキラービーお帽子を被ってました。わんわんもにゃんにゃんも。みんなでお揃い嬉しいねって、お花畑で遊んでたの。それで急に周りが明るくなって目を閉じて、次に目を開けたらベッドの上でした。

夢を見てたんだ。夢の中でみんなとお帽子被ってただけだったよ。僕のちょんちょん……。

僕はしゅんとしながら、ママに抱っこしてもらってみんなの所に。ちょっとだけ、三口だけご飯を食べました。

5章　初めての街歩き

「朝食も三口しか食べていなかったようじゃが」

「お義父様、ジョーディの朝食はいつもこんな感じなのですよ。心配いりません。それよりも街歩き、なるべく時間をかけてお願いします」

「それで解決するのか？」

「ええ、あなた。私に任せて」

僕は今、レスターに支えてもらいながらローリーに乗って、お兄ちゃんとわんわん達と一緒に、お宿の前でパパとカメさんじぃじを待ってます。これから初めてのお出かけなの。お店とか街の中を見るのは初めて。

それは嬉しいけど、僕の気持ちは昨日からしょんぼりしたまんまです。キラービーのちょんちょん……。

やっとパパ達が話し終わって出発。ママはなんかすることがあって、お宿でお留守番するんだって。ベルもママのお手伝いをするからお留守番です。

僕が歩くと遅くなっちゃうから、ローリーに乗って移動して、お買い物の時は下りるんだよ。

「さてじゃ、最初はおもちゃ屋に行くかの。マイケル、ジョーディ、それから魔獣の子供達も好きな物を買ってやるぞい」

『買うってなぁに？』

『いいこと？』

わんわん達がきょとんとしていると、ローリーが頼もしい声で言います。

『お店に着いたらオレが教えてやる』

「僕はお外で遊べるふわふわが欲しいな」

ふわふわ？　お兄ちゃんの言うふわふわって何だろう？　僕が知ってるおもちゃかな？　ところで、僕が今欲しいのは……。

「ちょんちょ」

「ジョーディはどうしても、キラービーの触角が欲しいんじゃな」

「お店の中を見て、少しは気がそれればいいけどな」

パパが軽くため息をつきました。

初めてゆっくり見た街は、僕が知っている日本の街と全然違いました。高い建物がなくて、あるにはあったけど、僕が見たのは三軒だけ。どれも五階建てくらいです。それ以外はありませんでした。

あと、コンクリートでできてる家やお店がなかったです。木か石？でできてるんだよ。それとお店は家の形をしたものの他に、お祭りとかに出てくる屋台みたいなものもたくさんありました。ご飯とか剣とか、あとよく分かんない物を売ってるんだ。

それから車なんか全然走ってません。もちろん自転車も。歩くか、スプリングホースや見たことない魔獣に乗っているか。ローリーや、わんパパやにゃんパパに似ている魔獣に乗って移動してます。

ここの世界の人は、買い物をたくさんするのかな？　木のタイヤの付いた台の上に、お山みたいにたくさん荷物を載っけて歩いてる人もいっぱいいました。それから魔獣がその台を引っ張って荷物を運んでたり、あとは魔法で荷物を浮かせて運んでたりする人もいます。

初めて見る物がいっぱいで、僕の気持ちはちょっとだけ元気に。手を叩いてから、あっちとかそっちとか指さします。

「このまま忘れてくれんかのう」

はっ！　僕のキラービーお帽子！

「ちょんちょ……」

「父さん!!　せっかく少し忘れていたのに！」

「す、すまん」

だいぶ歩いてきて、他の所より大きいお店の前で止まりました。レスターが僕をローリーから下ろしてくれて、パパと手を繋ぎます。お店には魔獣も一緒に入れるみたい。パパがお店のドアを開けたら、最初にカメさんじぃじが中に入って、ローリーが入るぞと声を掛けたら、わんわん達が入って行きました。最後に僕とパパが入ります。

「にょおぉぉぉぉぉ!!」

僕は中を見てビックリ。喜びの「にょおぉぉぉ」です。お店の中いっぱいにおもちゃが並んでいて、魔法で浮かぶおもちゃも。それから鳥さんや魔獣のおもちゃが、天井近くをグルグル飛んでいて、わんわん達に似ているぬいぐるみのおもちゃが床をグルグル走ってます。

お客さんもいっぱい。ラッパ?を吹いている子もいるし、大きなぬいぐるみを持っている子も。お椅子に座って絵本を読んでもらっている子もいるし、大きな箱を抱えた子もいます。

「パパ！　行っていい？」

「ああ、でもあんまり騒ぐんじゃないぞ。いくらこのお店が子供達に自由にさせているとはいえ、やっていいことと、悪いことがあるからな」

「は～い!!」

お兄ちゃんがお店の奥に走っていきます。わんわん達も走るぬいぐるみを追いかけてお店の中に。よし僕も！　僕も走ってお店の奥に向かいます。

「ジョーディのそれは何じゃ？」

「ああ、走ってるつもりなんだよ。歩くのと走るのとで、あまり変わりがないんだ。ただ時々速く走って、転んで泣くけど」

パパ、パパも走って！　僕はぐいぐい手を引っ張ります。何見ようかな、何見ようかな？

僕が最初に着いたのは、乗り物のおもちゃがいっぱい置いてあるお部屋です。あのね、このおもちゃ屋さんには部屋が何個もあるみたいで、たまたま僕が最初に入ったのが、乗り物のおもちゃが置いてある部屋だったの。

小さい馬車や大きい馬車。それからここに来る時に見たのとおんなじ、魔獣が荷物を運んでいるおもちゃ。色々な物が置いてあります。

遊んでいいおもちゃとダメなおもちゃが分かれていて、遊んでいい方の馬車のおもちゃを持って、床で走らせて遊びます。スプリングホースのおもちゃも付いています。

「ばちゃ！」

「そうだな。馬車だな。じゃあこれを引っ張ってくれるこの魔獣は？」

「シュプ！」

「正解だ。正解なんだが相変わらずシュプなんだな」

「だいぶ話せるようになったの」

「かなりね。それにたまに、こっちが話してる難しい話まで、理解しているんじゃないかって思うこともあるくらいなんだ」

「子供の成長は早いからのう」

僕が馬車で遊んでいたら、奥から男の子が出てきました。

出てきた男の子はスプリングホースの形をした木の乗り物に乗っています。それで後ろからたぶんお父さん?が、そのスプリングホースの乗り物を押してくれていました。

男の子はドアの近くまで行って乗り物から下りると、お父さんと一緒にお部屋から出て行きます。

僕もあれに乗ってみたいなぁ。僕は男の子の下りた乗り物を指さしました。

「シュプ、ちゃいの」

「ん？　あれに乗りたいのか。どれ」

パパが乗り物を持ってきてくれて、僕は男の子のマネをしてそれに乗っかります。カメさんじぃじが横に付いていている棒みたいな所に、「ここを持て」と僕の手を持っていきました。棒を僕が握ると、パパが行くぞって、乗り物を押してくれます。

カタカタカタ。ちょっと音を立てながら乗り物が進んで、曲がり角で止まります。わざわざ方向を変えなくても、ちゃんとすぅって曲がるの。それから男の子が乗っていた時は、気付かなかったんだけど、進むのに合わせてスプリングホースのお顔が上下に動くんだよ。

「ちぃのねぇ」

「今度はそっちか？　よし」

パパは僕が行きたい方向に行ってくれて、気付いたらお部屋の中を一周して、元の場所に戻って来ちゃっていました。

「ぱちゅう！」

パパにもう一周してってお願いします。でも次に乗りたい子が待ってるからダメだって、下ろされちゃいました。僕はほっぺたを膨らませてブスッとします。

「はは、面白い顔してるな」

パパ、僕怒ってるんだよ。面白いお顔してるんじゃないんだよ。パパが笑ったから、僕はもっとブスッてしちゃいます。

そしたらカメさんじぃじが、僕のことを抱っこして、スプリングホースの乗り物がたくさん並んでる所に連れて行ってくれました。僕が乗ったのは、木の色そのまんまの乗り物だったけど、そこには色々な色のものが並んでて、お首の所に可愛いリボンが付いていていました。

あっ、あの黄色いやつ可愛い。リボンは青色で、昨日のキラービーみたいだ。

「ジョーディ、気に入ったのならじぃじが買ってやろう。初めましてじゃからな。他にも気に入った物があれば、すべて買ってやるぞい」

ぜ、全部？　ほんと？　本当にほんと？

「父さん全部って。そんなもったいないことしなくても。それにあんまり何でも与えて甘やかすのは……」

パパは渋いお顔です。でもじぃじはガハハと笑い飛ばしました。

「この子が生まれて以来、ようやく会えたんじゃ。これくらいいいじゃろ。それに甘やかすと言っても今回だけじゃ。次回はそんなには買わん」

「そんなこと言って……マイケルの時もそう言って、結局色々買ってたじゃないか」

「そうだったか？」

じぃじが下ろしてくれたから、僕は一直線に黄色い乗り物の所に向かいます。

「ビーちょ、ちょよねぇ」

「一直線にこの乗り物に来たな。で、何だ？」

パパもカメさんじぃじも、僕の言ってることを分かってくれません。だから「昨日のキラービーと一緒」って言ってるんだよ。何回も言うんだけど全然ダメ。

その時ローリーとわんわん達がお部屋に入ってきました。お店の中をグルグル回ってたら、このお部屋に来たみたいです。

それで僕の所に来て、僕がなんて言ってるか、パパ達に伝えてくれました。パパ達はそれを聞いて、まだキラービーのことを覚えてるのかって、少し驚いていました。もちろんだよ。忘れるわけないでしょう？　僕のちょんちょん。

カメさんじぃじが黄色い乗り物を持ち上げて、ドアの近くにあった台の上に載っけました。台の上に買う物を載っけて、最後にまとめてお金を払うみたいです。

わんわん達があとで乗っても良いかって聞いてきたから、一緒に乗ろうねってお約束しました。上手に乗れれば、三人一緒でも乗れると思うんだよね。

乗り物のおもちゃが置いてあるお部屋はこれでおしまい。次のお部屋に行きます。今度はわんわん達も一緒。わんわん達は、あとでじぃじにお願いがあるみたいです。なんでも、買ってもらいたい物があるんだって。カメさんじぃじはニコニコで、いいぞって言ってました。

次のお部屋に入ると、お兄ちゃんの後ろ姿が見えました。ドアと反対側の方を見て、お椅子に座りながら、知らないお兄さんと何かしているみたいです。お兄さんは、お店に入る時にあった看板と同じ柄のエプロンをしているから、お店の人かも。

「にー！」

僕が呼んだら、お兄ちゃんは少しだけ僕達の方を見て、それから「ちょっと待って」って言って、また向こうを向いちゃいました。お兄ちゃん、何してるの？

僕がお兄ちゃんの方に行こうとしたら、パパがダメって止めました。

「ジョーディは何をするか分からないから、マイケルが終わるまで、こっちで待ってような」

「たいの！　にー！」

「だからな」

またまた僕はブスッとします。ブスッてしてたら、エプロンをしたお兄さんが、僕の方にニコニコ近づいてきました。手に小さな入れ物と、ストローみたいなやつを持っています。

「こんにちは。あの男の子のご家族の方ですか。サイラス様とラディス様ですね。私は……」

お兄さんがパパ達にご挨拶します。ご挨拶はすぐに終わって、今度はお兄さんがしゃがんで僕の目と自分の目を合わせて、僕にもう一回こんにちはしてくれました。僕もちゃんとこんにちはしたよ。

それからお兄さんは、手に持っていた物を見せてきました。

＊＊＊＊＊＊＊

「レイジン、その後どうだ？」

「おい、名前をこんなところで呼ぶな」

「いいじゃないか、どうせ本名じゃないんだ。それにこれだけ周りが煩ければ聞こえんさ」

「それでも気を付けるにこしたことはない」

「へえへえ」

まったくこいつは。私達の今行っている仕事が何か分かっているのか？　もしかしたらほんの些《さ》細《さい》なことから、我々の存在がバレてしまうかもしれないんだぞ。

私——レイジンは、大雑把《おおざっぱ》な仲間——デイライトを連れておもちゃ屋の前を離れた。そして街の外に出ると、近くの林まで移動し、これまでのことを奴に伝える。

「ハハハッ！　剛腕の騎士サイラスと合流して、この街に着いた早々暴れたか！」

「笑い事じゃないんだぞ。ただでさえ厄介な一族なんだ」

厄介な一族——その名はマカリスター侯爵家。現当主のラディス・マカリスター、その妻のルリエット・マカリスター。この二人の学生時代の友人達で構成された騎士団は、国が抱える騎士団を除けば今最強だとされている。そしてこの一族に仕える執事やメイド達も腕利きの者ばかり。

あの一族の関係者は、ほぼ全員が何らかの凄い力を持っていて、一族が本気を出せば国を落とすのも簡単じゃないかと噂されるほどなのだ。

そんな一族を、あの街からずっと尾行していた私の前に、まさか前当主の剛腕の騎士サイラス・マカリスターが現れるとは。ラディスの話を盗み聞きしていたから、いつか合流するとは思っていたが、まさかリアルストンからあんなに早く合流してくるとは、思ってもみなかった。

おかげで私の仕事は途中で止まったままだ。見張りをするだけで何もできず、今日まで来てしまった。変に動けばすぐに、私の存在がバレてしまう可能性があったからだ。

「だと思ってな。ほら持ってきてやったぞ。頭《かしら》からだ」

「頭じゃなくベルトベル様だろう」

「頭って呼んだ方が合ってるじゃないか」

デイライトが私に、ある薬の瓶《びん》を投げてきた。

「薬草が手に入らないから、それまではそれでしのげとさ」

「今のところバレていないが、あの一族相手に何処までもつか。変異種達もいるんだ」

「だがやるしかないだろう？　その様子じゃここでは何もできそうにないからな」

まったくだ。あの冒険者達はこの街に連れてこられてから、冒険者ギルドの牢屋に入れられているのだが、その見張りにアドニス隊長自らが立っていて、奴らに接触することができない。これも誤算の一つだった。

まぁまぁ大きな街だ。冒険者ギルドの職員もかなりの人数がいる。アドニス達が自ら監視につく必要はないのに、何故？

「で、変異種達は、あの一族と行動を共にしているのは間違いないんだな。しかも奴らが次男のジョーディ・マカリスターに懐いているというのも」

「ああ、間違いない。この前のキラービーの襲撃で確認したからな」

この街で起きたキラービーの襲撃、あれは私が仕掛けたものだ。

あの事件を起こす数時間前、私はある冒険者達に接触していた。林から出てくる冒険者を見極め、金に困っているだろう冒険者グループに声をかけた。

キラービーのハチミツを分けてやると。

キラービーのハチミツは取るのがまぁまぁ危険なため、中級の冒険者が集めてくることが多い。しかし新人グループや金に困っている奴らは、自分達の力にそぐわなくても取りに行こうとする。生産ギルドでなかなかに高く買い取ってもらえるからだ。上手くいけば金が手に入り、ダメならどうにか逃げ切ることのできる魔獣。それがキラービーだ。

まぁ、ハチミツが手に入っても、その後の匂い消しなどで対処を間違えれば、結局何処までも追われることになり、怪我をすることもあるが、それでも他の強い魔獣を狩るよりは安全だ。だから私は話を持ち掛けたのだ。

私が「対処もしてある安全なハチミツで、私自身は金に困ってないから譲ってやる」と言ったら、冒険者グループは何も疑問に思うことなく、喜んでハチミツを持ち帰った。が、無論そのハチミツに私は対処などしていなかった。

これは本当にダークウルフとホワイトキャットが、ジョーディ・マカリスターと行動を共にしているか確認するために、私が仕掛けたものだ。懐いているのなら、必ず次男を守るだろうと。

私の計画通りキラービーは、ハチミツを追って街にまで来ると攻撃を始め、私はその様子を確認した。その結果、確かに奴らが次男に懐いているという確信を持つことができたのだ。

デイライトがのんびりした口調で言う。

「動くのはリアルストンに行ってからになりそうだな」

「どうだかな。すぐに動けるかどうか」

「あそこには俺達のアジトもあるんだ。ここよりは動きやすいだろう。それに頭も来ると言っていたぞ」

「ベルトベル様が？　わざわざ？」

「変異種の確認をしたいんだと。よく分からんが、求めている魔獣か確認したいと言っていた」

「そうか」

「よし、そろそろ戻るか。俺が少しだけだが見張りを変わってやる。お前はそのうちに飯でも食って休んでこい」

デイライトにしては気の利いた発言で、私は驚いた。

「いいのか？」

「俺は見張りをしながらゆっくりするさ」

「見張りとはそういうものではないぞ！」

「まぁまぁ。さぁ行くぞ！」

まったく、デイライトは見張りを何だと思っているんだ。この仕事はこれからの私達にとって、大切なものなんだぞ。

しかし我らがベルトベル様が自ら動く？　これは一体どういうことだ？　何かあの変異種に問題でもあったのか？　考えることが増えてしまった。

デイライトの後ろに続きながら、私はこれからについて考えるのだった。

＊＊＊＊＊＊＊

お店のお兄さんが、持ってきた入れ物の中にストローを入れて、それを咥えました。もしかしてこれって……。

ふぅ～。お兄さんが吹いたら、虹色のシャボン玉が、ふわふわふわってたくさん出てきました。

僕とわんわん達は一生懸命シャボン玉を追いかけます。

『凄いね、これ何ぃ？』

『ふわふわ！』

「ふにゃぁ!!」

「ふにゃじゃないぞ。ふわふわだ。これはシャボンって言うおもちゃだぞ」

シャボン？　ほら、シャボン玉だよ。僕達が喜んでいたらお兄さんがもう一回シャボンを吹いてくれます。それで僕達がまた追いかけて……の繰り返しです。

それが終わったら、今度は大きなシャボンを作ったお兄さん。ふわふわ上に飛んでいく大きなシャボンが、お兄さんがごにょごにょ何か言った後、下に降りてきて、お兄さんがそのシャボンを持ちました。僕達に触ってみてって差し出してきます。

そっとそっと割れないようにシャボンをちょんってしてします。ぼにょにょにょん。シャボンが揺れてまた元に戻って。もう一回ちょんってしてして、やっぱりぼにょにょにょんってなって、全然シャボンは割れません。

「魔法で強くしたんですよ。これなら三日くらいこのままです。この中に……」

お兄さんが近くに置いてあった、僕の手ぐらいの小さなクマさんのぬいぐるみを、シャボンの中に入れちゃいます。どうやって入れたの⁉　僕とわんわん達はお兄さんの周りをグルグルします。でもどうやって入れたか分かりませんでした。

ぬいぐるみが入ったシャボンに、今度は長い細い棒をくっ付けました。それで僕にはいって渡してきます。

「プレゼントですよ。三日くらいたって、シャボンが小さくなってきたら割って、中からぬいぐるみを出して遊んでくださいね」

これって風船だね‼　シャボンの風船！　凄い凄い‼　パパが僕にありがとうを言いなさいって。

「ちょ‼」

「どういたしまして」

僕がとっても喜んでたら、わんわん達も欲しいと鳴き始めました。お兄さんは、わんわん達に似ているぬいぐるみが入ったシャボン風船も作ってくれました。

そんなことをしていたらお兄ちゃんが、できた‼って言っていきなり立ち上がって、僕達の方に走ってきます。それで入れ物をお兄さんに見せて、何か確認しました。

「いいですね、上手にできていますよ。吹いてみてください」

お兄ちゃんが入れ物にストローを入れてふぅってします。そしたら赤色と緑色のシャボンが出てきました。

パパが感心しています。

「上手にできたじゃないか。マイケルの好きな色でちゃんとできたな」

「うん!!」

お兄ちゃんは、自分だけのシャボンを作ってたんだって。一人一個、自分の好きな色でシャボンを作って持って帰れるの。僕が作ってもいいのかな?

「ぱ〜ぱ、もう!」

「ん?」

『ジョーディもやりたいんだって』

『僕は作るのより、追いかける方が好き!』

「ジョーディもやりたいのか? だがなぁ」

「ラディス様もご一緒にいかがですか? 混ぜるだけなので、お二人でおやりになれば、ジョーディ様でも大丈夫です」

「ぱ〜ぱ、たいの!」

僕はパパの足をパシパシ叩きます。

「分かった分かった、よし、じゃあ一緒にやろう」

パパが椅子に座って、僕はそのお膝の上に座ります。お兄ちゃんはお兄さんにありがとうをした後、作ったシャボンを持って、別の部屋に遊びに行っちゃいました。

お兄さんが何色が良いですかって聞いてきます。どうやら二色選べるみたいです。僕はもちろんキラービーの黄色と青色だよ。紙に色が塗ってあるからそれを指さすと、お兄さんが棚の中から液体の入った入れ物を二つ持ってきました。

それから空《から》の、サウキー柄《がら》とくまさん柄、そしてお兄ちゃんも使っていた、ちょっとカッコいい入れ物を僕の前に置きます。好きな入れ物を選んでいいんだって。この入れ物にシャボンの液体を入れるんだよ。

「しゃうきー!!」

「サウキーですね。じゃぁ……」

お兄さんがくまさんとカッコいい入れ物をお片付けして、僕が選んだ入れ物を手前に置きます。

その中に、大きなスプーンみたいなのを入れました。それから大きなお椀《わん》も用意します。

「それではこのお玉に一杯ずつ液体をすくって、このお椀の中に入れてください。二つの液体を入れたら、今度はこの棒でゆっくりゆっくり混ぜてくださいね。あんまり早くかき混ぜると、色が混ざったシャボンになってしまいますよ。と言っても、ジョーディ様には分かりませんね。ラディス様、よろしくお願いします」

「よし、ジョーディ、一緒にそっとだぞ」

パパと息を合わせて、お兄さんに言われた通りの順番とやり方で、シャボンを作っていきます。

お玉を一緒に持って、液体をお椀に入れて。ここまではバッチリです。

次はかき混ぜるんだよね。これもパパと一緒に。ゆっくりゆっくり、バシャバシャバシャッ!!

「こらっ、それだとシャボンができないぞ」

だって何かバシャバシャしたくなっちゃったんだもん。

それからはバシャバシャしたいのを我慢して、ゆっくり液体をかき混ぜました。そしたらね、最初は黒かった液体が、黄色と青色になったの。

「もういいですよ。上手に色が出ましたね。では最後にサウキーの入れ物に入れましょう」

「これはちょっと難しいからな、パパがやるぞ」

パパが溢《こぼ》さないようにそっとシャボンを入れていきます。最後まで溢さないでね。僕はパパが溢さないかドキドキです。無事、シャボンが全部入れ物に入りました。

「これで完成です。ジョーディ様、ふぅってしてください」

パパがストローの先にちょんちょんってシャボンをつけて、僕に渡してくれます。そして……。

ふうぅぅぅっ!!

黄色と青色の綺麗なシャボンが出てきて、わんわん達がそれを追いかけます。僕は嬉しくてニコニコ。お兄さんの方を振り向いたら、お兄さんもとってもニコニコです。

「ちゃよねぇ」

「はい、上手にできましたね」

黄色と青色のシャボンが順番に出てきて、とっても可愛いです。お兄さんが拍手してくれました。

それから黄色いビーズみたいなものでできた紐を出して、サウキー柄の入れ物のお首のところに、その紐を付けました。それからストローを入れ物の横に付けてくれます。

「これならなくしませんからね」

お兄さんが僕の頭に紐を通して、首から下げてくれました。僕はもう一度お兄さんにありがとうします。

シャボンを作った後は、カメさんじぃじが他の色のシャボンも選んでいいって。だからね、何処かに遊びに行っちゃったお兄ちゃんの分と僕の分、わんわん達の分を選びました。

「にーにょ、くにょ、わんわんにょ、にゃんにゃんにょ！」

「これで良いのか？　よし、じゃあもう一回お兄さんにありがとうして、バイバイしような」

「ちょ！　ババ！」

「はい、さようなら」

パパと手を繋いでドアの所に行きます。そしたらお兄さんがカメさんじぃじのことを呼びました。それでお話を始めちゃったの。バイバイしたのにね？

「サイラス様方がお店に入って来られた時、嫌な気配を感じました。今はしませんが、昨日のこともあります。どうかお気を付けて」

「本当か？　分かった、用心しておこう。それにしてもワシらでも気付かんものをよく……お主は一体」

「私は……」

お兄さんがカメさんじぃじに、ピカピカした銀色のカードを見せています。あれ何だろう？とってもキラキラで綺麗だね。でも今はそれよりも……。

「じじ！　くのよぉ！」

「よしよし今行くぞ！　何かあればカラクの宿におる。いつでも来るのじゃ」

「はい」

お兄さんが頷きます。

カメさんじぃじが僕達の所に来て、僕はバイバイしながらお部屋を出ます。お兄さんも手を振ってくれました。

シャボンの後も色々なお部屋に行って遊んで、いっぱいおもちゃを台の上に載せてもらいました。えへへ、嬉しいなぁ。

でもお店が広すぎて、全部のお部屋には行けませんでした。パパが次のお部屋で終わりにするって。カメさんじぃじのお家から帰る時にまた来ていいから、今日はもう帰るって言いました。う～ん、ちょっと残念。だけどしょうがないよね。

僕はとぼとぼ最後のお部屋に。最後のお部屋は、ぬいぐるみとかお人形さんがいっぱいのお部屋でした。僕が大好きなぬいぐるみがいっぱい並んでいて、あっち見てそっち見て、またあっち見て、もう大変です。

「どれ、約束じゃからな。サウキーのぬいぐるみを見に行くかの」

サウキーのぬいぐるみ、何処にあるのかな？　わんわん達はさっきこのお部屋に来たんだって。だからサウキーの所まで僕達のことを連れて行ってくれました。そしたら、

「にょおぉぉぉぉぉぉ！」

僕は叫んじゃいました。だってそこには大きな大きなサウキーのぬいぐるみが。ローリーくらいの大きさです。僕は、自分が持っているサウキーのぬいぐるみのお顔に一番似ている、真っ白な大

きいサウキーに抱きつきました。ふわふわモフモフです。

「それが気に入ったのか？　どれ、じゃあこれを買ってやろう」

カメさんじぃじが、台の上にサウキーのぬいぐるみを置きます。

僕がニコニコしていたら、それを見ていたわんわん達がカメさんじぃじのことを呼びました。

『あのね、僕達欲しいぬいぐるみがあるの』

『カメさんじぃじ、買って？　ローリーおじちゃんがカメさんじぃじなら買ってくれるって』

「良いぞ。どれじゃ？」

わんわん達がカメさんじぃじのズボンを噛んで引っ張りながら、お部屋の真ん中に歩いていきます。お部屋の真ん中にはね、動くぬいぐるみばっかり置いてありました。

その中にわんわん達にそっくりなぬいぐるみがあって、前に進んだり後ろに下がったりしていました。わんわん達はこれが欲しいんだって。

二匹がちょんちょん触っていたら、ぬいぐるみが動かなくなりました。パパが近づいてぬいぐるみを触るとまた動き始めたんだ。そういえばこの世界に電池ってないみたい。どうやって動いてるのかな？　やっぱり魔法？

わんわん達も気になったみたい。どうして動いたり止まったりするのってパパに聞いてます。

「ぬいぐるみに魔力を流すと、動くようになってるんだ」

ぬいぐるみの中には、魔力を溜める特別な石が入っていて、その石に魔力が溜まっている間はぬいぐるみが動くんだって。魔力がなくなると動かなくなっちゃうから、そしたらまた魔力を流すと、石に魔力が溜まって動きます。

「これなら君達が森に帰っても、お父さん達に魔力を流してもらえば、何度でも遊べるぞ」

『やったぁ！』

『いい物見つけたね』

二匹が喜んで、カメさんじぃじが新しい箱に入っているそのぬいぐるみを、台に載せてくれます。

その時でした。お部屋の奥の方から、ぬいぐるみが歩いて来たんだけど、僕はそれを見て急いで駆け寄ります。

「ぱ～ぱ！　しゃうきー!!」

歩いて来たぬいぐるみはサウキーでした。まさかサウキーの動くぬいぐるみもあるなんて。僕はぬいぐるみを抱きしめてカメさんじぃじの所に。それで「買って」アピールです。

「しゃうきー！　ちょよねぇ」

「これも欲しいのか？　よしよし」

「父さん！　ジョーディ、大きいぬいぐるみを買ってもらっただろう？　これは今度にしなさい」

パパが僕の動くサウキーを取ろうとします。僕はぎゅううぅって抱きしめて、取られないように頑張ったんだけど……。パパに取られちゃいました。僕、悲しくて泣いちゃったよ。

「う、うわあぁぁぁぁぁん!!」

「ああ、ほれ、泣いてしまったではないか。大丈夫じゃぞ。じぃじがこれも買ってあげるからの」

カメさんじぃじが動くサウキーのぬいぐるみを、台の上に載っけてくれます。

「だから父さん、もうぬいぐるみは一個買ってるんだから」
「良いではないか。ワシが買うんじゃ。ほれジョーディ、ちゃんと台に載っけたからの。さぁ会計してしまおう」

台を押しながらカメさんじぃじが僕のことを抱っこして、入口があるお部屋に行きました。サウキー取っちゃうパパなんか嫌いだもん。プンッだもんね！　僕がプンッてしいてる横で、パパがまったくって、カメさんじぃじのことを怒っていました。

ぐすぐす泣きながら、お金を払う場所へ行く僕。お店のお兄さん達の前に、お兄ちゃんとレスター達がいました。僕達に気付いて走ってこっちに来るお兄ちゃん。
「あれ？　ジョーディどうして泣いてるの？　たくさん買ってもらえるんでしょう？　じぃじ、僕のもちゃんと買ってね？　僕ね、用意して待ってたんだ」

お兄ちゃんがまた走ってレスターの所に。その後ろに、僕が買ってもらうぬいぐるみとかが載ってる台とおんなじものがあって、その上に箱が五個載ってました。

カメさんじぃじが、二つの台に載せた物を全部くれって言って、お兄さん達は汗をかきながら、おもちゃを一つずつ包んでくれます。サウキーの動くぬいぐるみは包まないでもらって、僕が自分で抱っこしました。わんわん達のは袋に入れてもらって、わんパパ達が持ちます。お兄ちゃんのおもちゃはレスターが持ってくれました。

僕のはカメさんじぃじが、一人で全部のおもちゃを持っちゃったんだよ。おもちゃにおもちゃを重ねて、片方のお手々で全部持っちゃったの。僕思わず拍手しちゃいました。それからそれを見たおかげで、泣くのも止まったよ。

お店から出てパパが僕達に、カメさんじぃじにありがとうしなさいって言いました。だから僕とお兄ちゃん、わんわん達で一列に並んで、みんなでありがとうしました。

「おじいちゃん、ありがとう！」

「ちょ!!」

『『ありがとう！』』

「お礼を言うのは大事なことじゃぞ。皆ちゃんとお礼が言えて偉いのう」


お店を出てニコニコの僕達は、そのままお昼ご飯を食べに行きました。今日はお外で食べるんだって。

たくさん買ってもらったおもちゃは、お昼ご飯を食べるお店に行く途中で、荷物を運んでくれるお仕事をしている人達にお願いして預けました。荷物を荷馬車に載っけて、石の魔獣さんが荷馬車を引っ張って、僕達の後ろから歩いてきます。

石の魔獣さん。石なのに動いている。石の頭に石の腕に、石の体に石の足。人みたいな石の魔獣さんです。なんかとっても不思議。

カメさんじぃじに抱っこしてもらって移動しながら、僕は石の魔獣さんをじぃ～って見つめます。そしたら魔獣さんが僕が見ているのに気付いて、ニコッて笑って手を振ってくれました。だから僕も手を振り返します。

「グエタがこんなに人に反応するなんて珍しい」

グエタって言うの？　話しかけてきたのは、グエタと契約しているというおじさんです。

「グエタは初めて会う人には懐かないんですよ。ジョーディ様は、よっぽどグエタに気に入られたんですね」

そうなの？　僕のこと好きになってくれたの？　そうだったら嬉しいなぁ。

お店に着くまで、グエタのことを色々教えてもらいました。グエタと契約しているおじさんの名前はクローさん。それからグエタはロックっていう石の魔獣で、クローさんが小さい頃から、ずっと一緒にいるんだって。

クローさんはいつもは冒険者をしているんだけど、近頃あんまりお仕事がないから、荷物を運ぶお仕事をしているんだって。っていうお話を、お兄ちゃんにしていました。僕に話しても分かんないって、普通思うよね。

お店に着いて、クローさんとグエタはお店のお外で、僕達が出て来るのを待ちます。二人にバイバイしてお店に入ると、お店の人が何処でも好きなお席にどうぞって。

カメさんじぃじが選んだのは、お店の出口に一番近いお席でした。すぐに出られるから、このお席がいいんだって。すぐに出る？　何で？　何ですぐに出られるといいの？　あとで聞いてみようかな？　上手に聞けたらだけど。

パパがどんどんご飯を注文して、そんなに時間がかからないでご飯が運ばれて来ました。僕はおうどん。お兄ちゃんはハンバーグみたいなやつ。パパとカメさんじぃじは大きなお肉の塊でした。

それからいつもはママに怒られているお酒も。パパ、またママに飲みすぎって怒られちゃうよ？

ご飯を食べ終わったら、パパがデザートも頼んでくれました。果物の盛り合わせとクッキーです。

僕はクッキーを食べながらグエタのことを考えます。グエタとクローさん、お昼ご飯を食べないのかな？　グエタはあんなにお体が大きいんだもん、きっとお腹が空いているはず。パパ、もう一つクッキー頼んでくれないかな？　グエタにあげたいんだけど。

「ぱ〜ぱ、ちぃ〜、もっこ！」

「ん？　まだクッキー残ってるだろう？」

「りゅのよぉ。ぽんぽんよぉ」

「？」

分かってくれません。こういう時はわんわん達の出番です。

『ジョーディ、グエタにクッキーあげたいんだって』

『グエタがお腹空いてるかもしれないからだって』

「ああ、そういうことか。待ってなさい」

パパがレスターのことを呼んで、グエタがクッキーを食べるか聞いてきてくれって。すぐにレスターがお外に出ていきます。そういえば僕、そこまで考えてなかったよ。石の魔獣だもんね。もしかしたら食べるのは石かも。

外に聞きに行ってくれたレスターがすぐに戻って来ました。

「大丈夫だそうです。それどころかクッキーが好物だと」

「そうか。なら注文しよう」

パパがグエタのクッキーを頼んでくれました。それから紙でクッキーを包みます。

みんなご飯が終わって、お外に出ます。僕が持って歩くと転ぶかもしれないからって、パパがクッキーを持ってきてくれました。

お店の横を曲がったら、クローさんとグエタの姿が。僕はグエタの名前を呼んで走り出します。ごめんね、待たせて。僕、ご飯食べるの遅いんだ。でもクッキー買ってもらったからね。でも、後ろからパパのお声が聞こえて、

「ジョーディ！　走るな、転ぶぞ!!」

その途端――びしゃあぁぁぁぁぁぁぁ!!　思いっきり転びました。顔から地面に倒れます。い、痛いぃぃぃぃ！

「ふえ、ふえぇ、わあぁぁぁん!!」

なんか、今日は泣いてばっかり。ううん、この世界に来てから泣くことが多いの。地球にいた時はたくさんの検査をしても、痛い注射をしても泣かないで我慢できたのに。今はすぐ泣いちゃうんだ。パパが走って来て僕を抱っこして、すぐにヒールで擦りむいたところを治してくれます。

「だから走るなって言っただろう、まったく」

「ふえぇ……」

「まぁ、子供は突然走り出す生き物じゃからな」

カメさんじぃじが優しくそう言ってくれました。

僕は泣きながらグエタの所に。グエタは僕が転んじゃったのを見て、とっても慌てています。

隣のパパが、クッキーを包んでいる紙をガサゴソ。中のクッキーを取り出して、僕に渡してくれます。僕はクッキーを持って、そっとグエタの前に手を伸ばしました。

グエタが大きな手を伸ばしてきて、手のひらを僕の前に。僕はその上にクッキーを載っけました。僕の手には大きいクッキーが、グエタの手の上だと、とっても小さく見えます。

グエタがひょいって高くクッキーを投げました。お店のお屋根くらいまで飛んで、それからヒュンッて落ちてきます。そのままクッキーはグエタの口の中に入ります。

僕がもう一枚クッキーを渡したら、今度はもっと高く投げて、またまた口でキャッチ。僕もお兄ちゃんもわんわん達も拍手したり、グエタの周りをグルグル回ったり。グエタ、とっても上手だね。グエタの口キャッチで、僕の涙が止まったよ。ありがとう！

グエタがクッキーを食べ終わった時でした。

『肩に乗る？』

ん？　だぁれ？

『僕、荷物運んでても、ジョーディとダークウルフ、ホワイトキャットの子供、それからマイケルなら肩に乗せて歩けるよ』

声の出所を探してキョロキョロしていると、わんわん達が教えてくれます。

『今の、グエタの声だよ』

『僕達を肩に乗せてくれるって』

今のカッコいい声は、グエタの声でした。クッキーのお礼に、僕達のことをグエタのお肩に乗せてくれるって。ほんと⁉

僕はパパの方を見ます。パパはクローさんに確認。クローさんは、僕達がグエタとお話ししたからビックリしていました。あっ、そっか、契約した人じゃないと、本当はお話しできないんだもんね。パパは「ちょっとな」って言って、苦笑いしていました。

クローさんはグエタが良いならってOKしてくれました。でもパパが変なお顔をしています。あのね、僕のことが心配なんだって。どうして？

「ジョーディが大人しく、肩の上で座っているとは思えない」

え～、僕静かにしてるよ。大丈夫。僕はパパのことをバシバシ叩きます。それでもやっぱり変なお顔のままのパパ。僕はもっとパシパシ叩きました。グエタも大丈夫って言ってくれます。

「分かった分かった。でもグエタ、大変だと思ったら、すぐに下ろしていいからな」

グエタが順番に、お兄ちゃん達を手に乗せて、肩まで上げてくれます。僕が最後です。お兄ちゃんのお隣に座るの。

僕が乗りやすいように、地面まで手を下げてくれるグエタ。僕はそこによじ登ります。その間もパパは、お兄ちゃんのお隣で静かに座ってるんだぞとか、騒いだりするなとか、ずっと言っていました。

肩に着いて、僕はお兄ちゃんの手を握ってグエタの肩の上に座ります。グエタがそれを確認して、そっと立ち上がりました。

「にょおぉぉぉぉぉぉ!!」

「わぁ、高〜い!!」

『凄いねぇ！』

『ちょっとゆらゆらするの楽しい!!』

グエタがそっとそっと、ちょっとだけ動いてくれて、それで僕達はまた叫んじゃいます。

その時でした。カメさんじぃじを呼ぶ声がしました。声の方を見たら、シャボンを一緒に作ってくれたお兄さんが走って来ていました。

「サイラス様!!」

僕、カメさんじぃじのほんとのお名前を忘れてたよ。だっていつもカメさんじぃじって言ってたから。「カメさん」を付けるのはそろそろやめて、ちゃんとじぃじって言おうっと。

「先程の……、お前達少し待っていなさい」

じぃじが僕達から離れてお兄さんを待ちます。お兄さんはじぃじの前まで来て、何か少しお話したら、今度はクローさんのことを呼んだの。クローさんが急いでじぃじ達の所に行きます。お話をしているじぃじ達ね、みんな怖い顔をしてるんだ。

じぃじ達どうしたのかな？　じぃっと見ていたら、今度はじぃじがパパを呼びました。話に参加したら、すぐにパパも怖いお顔になります。

「レスター、どうしたのかな。パパ達怖い顔してるね」

「大丈夫。心配いりませんよ。それよりもマイケル様、ジョーディ様が落ちないように、気を付けていてくださいね」

「うん！　大丈夫だよ。パパに言われた通り、ジョーディのお洋服、しっかり掴んでるから」

そう、お兄ちゃんは僕のお洋服を掴んでるの。僕も落ちたくないからそれはいいんだけど、もう少し下の方を掴んでくれないかな？　首の所を掴まれて少し苦しいんだけど。

少ししてお話し合いが終わったパパ達。お兄さんが僕達にバイバイして帰っていきました。みんなもう怖いお顔をしてません。

「さぁ、もう少し肩車してもらったら帰ろう。ジョーディはそろそろお昼寝の時間だ」

グエタがまた少し動いてくれます。どしんっ、どしんっ。ちょっと揺れるけど、高い所から街を見るのがとっても楽しくて、僕はいつの間にか足をバタバタ。それからまた叫んじゃいます。

そしたらパパに怒られちゃいました。静かにしないと下ろすぞって。危ない危ない。静かにしなくちゃ。

でも怒られたのは僕だけじゃないよ。わんわん達も騒いでて、一回にゃんにゃんがグエタの頭の上に乗っちゃったんだ。それでにゃんパパにとっても怒られていました。

楽しい時間はすぐに終わり。もうお宿に帰る時間です。さっきみたいにグエタの手に乗って下に降りて、僕はパパに抱っこしてもらって帰ります。それですぐにお宿に着いちゃいました。

ママがお宿から出てきて僕達のことを見て、楽しかったみたいねって目を細めます。それから僕達が買ったおもちゃの山に、あらあらって言いました。

『また会ったら乗せてあげるね』

「ちょねぇ、きー、りゅのねぇ」

『ジョーディはクッキーあげるって』

わんわんが、僕の言葉をグエタに通訳してくれました。

クローさんとグエタにバイバイして、僕達はお宿の中に入ります。お部屋に行って手を洗ったり、お洋服を着替えたりしてたら、途中で眠くなってきちゃいました。ママがボタンを留めてくれている時に、こっくりこっくり。目が勝手に閉じてきちゃいます。

やっとお着替えが終わって、パパが僕のことを抱っこしてベッドに連れて行ってくれたんだけど、お首がぐにゃって後ろに倒れて、変な方に曲がっちゃいました。うっ、ちょっと痛い……。

パパがママに怒られているのが、何となく聞こえます。「ちゃんと首に手を添えて。初めての子育てじゃないのよ。まったく」「す、すまん」って、そんな感じだったかな？

その声を聞きながら僕は夢の中へ入っていきました。


起きたらもう夕方。お兄ちゃんもわんわん達ももう起きていて、今日じぃじに買ってもらったおもちゃで遊んでいました。

あれ？　僕のサウキーのシャボンのネックレスは？　眠くてどうしたのか忘れちゃった。僕は慌ててあっち探したり、そっち探したり。そしたら、ママとパパがお部屋に入って来ました。僕がシャボンの入れ物を探しているってわんわん達に伝えてもらったら、パパがベッドの横にある引き出しから出してくれたよ。良かったぁ。僕は急いで首にかけます。

ん？　ママどうしたの？　ママがとってもニコニコして僕のことを見てました。

「ジョーディ、ママからプレゼントがあるのよ。はい！」

ママが後ろから何か出してきました。僕はそれを見て、走るより速い高速ハイハイでママの所に。

ママが後ろから出したのは、僕のお気に入り、キラービーのちょんちょんでした。

「ちょんちょん!!」

「そう、ちょんちょんよ。ママが作ったのよ」

ママが作ってくれたの!?　凄い凄い!!

それは、ちょんちょんが付いている帽子でした。ちゃんとちょんちょんがビヨンビヨンってなって、本物のキラービーのちょんちょんみたいです。ママが僕に帽子を被せてくれて、それから鏡の前に連れて行ってくれます。

「にょおぉぉぉぉぉ!!」

完璧なキラービーお帽子です。今日は泣いたり喜んだり、ほんと大変。僕はママから下りて、部屋の中を高速ハイハイでグルグル回ります。

「よく作ったな」

「大変だったわよ。もう作らないわ」

パパの言葉に、ママは肩を揉む仕草をしました。

「それにしても、よくできている」

「ローリーの遊び道具で思いついたのよ。マイケル達が遊ぶ猫じゃらし。あれも触角と同じような動きでしょう」

たくさんお部屋の中を回って、最後にママに抱きついて、ありがとうします。

「ま〜ま、ちょおぉ!!」

「ママも、ジョーディにそれだけ喜んでもらえて嬉しいわ」

わんわん達もお兄ちゃんもパパ達も、みんな可愛いって言ってくれました。

パパがそろそろ行かないとお店が混むって言うので、急いで夜ご飯を食べるお店に行きます。僕はニコニコ、キラービーお帽子を被ったまんまです。絶対に脱がないもんね。

夕方の街は光でキラキラしていて、人も何だか多く感じます。それからとってもいい匂い。でも僕は……。

「ご飯食べてから渡せば良かったかしら」

「そうかもしれないな。ご飯を食べさせるのが大変そうだ。まずは帽子を脱がすところからか?」

ん？　僕絶対に脱がないよ？


僕達は今、夜の街をみんなで歩いてます。

夜ご飯を食べ終わってお外に出たら、もうお空は真っ黒。でも街の中は何処を見てもキラキラ光っています。夕方もキラキラしていたけど、夜の街ってこんなに明るいんだね。

夜の街にも僕やお兄ちゃん、わんわん達にとって楽しい物がいっぱいです。僕はあっちに行ったり、そっちに行ったり、お昼寝いっぱいしたからこの時間でもとっても元気。それにちょんちょんのお帽子を被っているから、「楽しい」が止まりません。

でも、行けない場所もありました。赤色やピンク色に光っている道の方に走って行こうとしたら、そっちはダメって、パパが僕のことを抱っこしちゃったの。とってもキラキラだったのにちょっと残念です。

でもその後すぐに良い物を見つけました。走って行って見てみたら、僕のお顔くらいの大きさで、ふわふわしたボールみたいなのが、蛍みたいに光りながらフワフワ浮いていました。紐で売り場に括りつけられています。

「ジョーディ、これは綿だ。森に大きなお花が咲いてて、その花の種を包んでた綿なんだぞ。分かるか、ふわふわだ。色々な色に光って、これも魔力を流すと、ずっと光ってるんだぞ」

ほんとだ。さっきまで黄色に光ってたのに、今は青に光ってます。そんな綿があるんだね。

僕達がじぃって見ていたら、パパがふわふわを買ってくれました。みんなでパパにありがとうします。手首に紐を結んでもらって歩いてみると、フワフワしながらついて来ました。とっても軽くて、紐が取れると飛んで行っちゃうから、絶対に外れないノリで紐と綿をくっ付けてるんだって。お兄ちゃんが教えてくれました。

お兄ちゃんは、前に買ってもらったことがあるんだって。お兄ちゃんのお部屋にあるんだけど、ちょっと汚くなっちゃったから、新しいのを買ってもらえて嬉しいってニコニコしていました。

次に見つけたのは、やっぱりキラキラ光る物を売っているお店です。棒が三色に光っていたり、バッジ？が光っていたり。僕達は光る輪っかを買ってもらいました。みんなでお首に付けます。

僕は興奮してパパにずっと話しかけます。最初はちゃんと僕のお話を聞いてくれてたんだけど、そのうち面倒くさそうな顔に。パパ、僕のお話ちゃんと聞いて！

それからお菓子を売ってるお店に行ったんだけど、

「そろそろ時間だ。お菓子買ってやるから、買ったら帰るぞ」

って言われちゃいました。

え～、もう帰るの。もっと遊びたかったのに。僕はしょんぼりです。そんなしょんぼりの僕にじぃじが、お店で一番大きい棒の付いた飴を買ってくれました。棒にリボンも付けてもらって、それを握りしめます。

そのままお宿に戻る僕達。とっても楽しかったなぁ。じぃじの住んでいる街に行ったら、またいっぱい遊べるかな？

＊＊＊＊＊＊＊

最後に買ってやった棒付きの大きな飴を握りしめ、宿に着く頃には半分眠りに落ちていたジョーディ。ルリエットが寝かせる準備を何とか済ませ、ベッドで寝かしつける。飴を手から離すのが大変だった。そして皆が眠りについたのを確認し、私――ラディスは立ち上がった。

「それじゃあ行ってくる。何か少しでも変わったことがあればすぐに知らせてくれ」

「ええ、こっちは任せて。それよりもしっかり話を」

私は子供達をルリエットに任せ、マイケルとジョーディにお休みのキスをすると、父さんが泊まっている部屋へと向かった。これから父さんの部屋で、とても大切な話し合いが行われる。

部屋の前まで行き、ドアをノックして中に入る。そこにはこれから話し合いに参加するメンバーがすでに集まっていた。

「よし全員集まったな。話を始めるぞ」

父さんが真剣な顔でそう言った。

集まったメンバーは父さんと、トレバーとレスター。アドニス達は今、あの冒険者達を監視しているため、ここには来ていない。

侯爵家の関係者の他には、グエタの契約者クロー。そして、ジョーディ達と一緒にシャボンを作ってくれたおもちゃ屋の店員、名前はフェルトン。今回話し合いをすることに至ったのは、フェルトンによる情報提供が理由だった。そして、父さんがおもちゃ屋で彼に呼び止められたことも、この話に関係していた。

「で、その後はどうじゃ、フェルトン」

「あれから変な気配は一度も感じていません」

ちなみにフェルトンは上級冒険者だ。シャボンを作っていた時は気付かなかったのだが、父さんがギルドカードを見せてもらったことでそれを知った。まさか上級冒険者が、子供相手にシャボンを作っているとは。冒険者の仕事がない時は、ああやっておもちゃ屋で仕事をしているらしい。子供と遊ぶのが好きなんだとか。

そしてクローとは時々チームを組んで、冒険者活動をしているそうだ。クローは数年前にこの街にやって来て以来、この街が気に入り、家まで買ったのだという。そして彼も上級冒険者だった。

実はフェルトンの名前は以前から知っていた。凄腕の冒険者がいると。が、顔を知らなかったため、ギルドカードを見せてもらうまで気付かなかったのだ。すべて終わって自分の屋敷に戻ったら、冒険者ギルドと商業ギルドの上級者リストの整理をしなくては。

フェルトンが話を続ける。

「最初に感じたのは、キラービーの襲撃が始まった瞬間でした。気配のした方に行こうと考えたのですが」

キラービーの対処が終わって、フェルトンが気配のした方に行ったが、すでに気配は消えた後で、何も変わったことや物はなかったらしい。

しかしその後、店で働いていた時、また同じ気配を感じ、急いで店のカウンターに出てくると、私達がお店に入って来たところだったと。キラービーの襲撃の時も、今回も、私達がその場にいた。もしかしたら関係あるのでは。そう思ったフェルトンは、私達がお店を出る前に、それを父さんに伝えたのだ。

「気配の感じとしては、殺気というよりも、何かねっとりしたような、絡みついてくるような嫌なものです。私としては殺気の方がまだ良いと思うような、感じの悪いものでした」

次に気配を感じたのは、私達の食事が終わって、ジョーディがグエタにクッキーをあげると騒いでいた頃だった。しかもその時の気配は一つではなく二つに増えていた。

気配が増えたことに気付いたフェルトンが外に出れば、朝のようにすぐに消えてしまったという。それでも気配がした方へ向かってみれば、そこにいたのは私達だった。

「三回も気配を感じるとなると、もうこれは監視されていると見て間違いない。そしてその対象はサイラス様方だと確信しました。すぐにお伝えしようと思い……まさかそこにクローがいるとは思いませんでしたが」

「上級冒険者のお主が言うのだ。間違いないだろう」

「私は今まで仕事でたくさんの気配を感じてきました。その中には命が危ないと感じたものも。ですが今回の気配……。殺されるとかそういう怖さは一切なく、ただただ気持ち悪い。今までにない恐怖を感じました」

「お主がそこまで言う気配か……。して、夜はどうじゃった」

「夜は一度も」

私達はある作戦を立て、それを先程まで実行していた。ジョーディ達がグエタに肩車してもらっていた時に、急遽《きゅうきょ》考えた作戦だ。

それは、私達が監視にまだ気付いていないと見せかけて、夜の街歩きをするというもの。そうすれば、今までと同じように監視を続けるか、あるいは私達が芝居をしていると気付いて逃げ出したり、攻撃を仕掛けたりしてくるかもしれない。

本当はマイケルやジョーディ、わんわん達がいるため、攻撃されるのは困るが、どんな人物が私達を監視しているか、何も情報がないのでは、こちらも動くことができない。

そのために危険ではあったが、私達が街歩きをしている間、フェルトンには私達の側で気配を警戒してもらい、クローには街のあらゆるところで、何か変わったこと、物がないか調査を頼んだ。

もちろん他にも対策は取った。アドニスとその部下のスチールには、あのダークウルフ達を攫った冒険者と、この街を危険に晒した冒険者達の監視を継続してもらい、クランマーにはロジャーをつけ、街の住人に変装させて、近くで護衛をしてもらっていた。

父さんは話を聞いて眉根を寄せた。

「昨日、そして朝、昼と、この様子なら夜も来ると思ったのだが、気付いたことを察知されて逃げられたか、それともあの薬を使い、気配を消したか」

「ですが父さん、あの薬はとても高価な品。簡単に手に入る物では……」

「それが手に入れられる程の者達かもしれんじゃろ」

「父さんが言うことが正しいなら、もしかしたら今も、監視されている可能性が」

「分かっておる。だが集まらないわけにもいかん。危険じゃが対策の話し合いをせねば。小さな気付きでも、皆で考えれば何か分かることがあるかもしれん」

父さんの言う通り、今私達に必要なのは情報だ。些細な手掛かりで良い。相手のことが分かれば。

父さんがソファーに座り直し、大きく深呼吸して何かを考え始めた。そして考え事はすぐに終わり、フェルトンとクロー二人に、明日からの予定を聞き始めたのだった。

6章　溢れ出す赤色と黒色

「ジョーディ、ご飯だぞ。まんまだ」

「にゅう～」

んー、何？　よく聞こえない……。

「ジョーディ」

「すぅ……」

「これはダメね。ベル、馬車の中でジョーディが食べられる物を用意してもらえる？」

「畏まりました」

「昨日遊びすぎたな」

「でも本人は楽しかったんだからいいのよ」

周りが静かになって、僕はまたそのまま寝ちゃいました。


僕の目がぱっちりしたのは、馬車に乗るちょっと前でした。お外に出て馬車に乗ったら、昨日おもちゃ屋さんでもらったシャボンの風船みたいなのと、夜に買ってもらった綿の風船がふわふわ浮いてて。でも綿の方は夜みたいに光ってませんでした。パパに聞いたら夜にしか光らないんだって。

木の実のカゴの中に入って、みんなが乗ってくるまで窓からお外を見てたら、じぃじが中を覗いてきました。僕はじぃじにおはようございますをします。だって今日初めてでしょう？

「あらジョーディ、ご挨拶したでしょう、忘れちゃったの？」

ってママが。え？　僕覚えてません。いつご挨拶したの？　じぃじがガハハハハッて笑いながら前に歩いて行っちゃいました。

今日は小さな街まで行って、そこでちょっと休憩。その休憩の時にお昼ご飯を食べて、その後に、今いる街よりは小さいけど、少し大きな街まで行ってお泊まりするんだって。お兄ちゃんがママとお話ししてたのを聞いたの。

ガタンッ。音がして馬車が動き始めました。グエタに会えなかったなぁ。バイバイしたかったのに。じぃじのお家から帰る時、またこの街に来るかな？　その時にグエタに会えたら嬉しいなぁ。

馬車が進み始めて少しして、朝ご飯を食べなかったから、お腹が空いてきちゃいました。

「ま～ま、ぽんぽん」

「やっぱり。ベルに用意しておいてもらって良かったわ」

ママが柔らかいパンを袋から出してくれて、僕はそれをもぎゅもぎゅ食べます。

ご飯が終わった後は、お兄ちゃんとわんわん達と一緒に、昨日買ってもらったシャボンで遊びます。最初、馬車の中でシャボンを吹いたら中が大変なことになっちゃいました。シャボンだらけになって、わんわん達が飛び跳ねてパパがやめろって騒いで……。

だから次は窓から顔を出してやりました。わんわん達は窓からお手々を出して、シャボンを割って。太陽の光でいろんな色に変わるシャボンはとっても綺麗でした。

そんなことをしていたら、すぐにお昼ご飯を食べる街に到着です。馬車から下りて、大きな牛さんみたいなお顔が、ドンッてお屋根についているお店に入ります。中は人がいっぱいでした。ん？あれって……。

あのね、お店の奥の方、シャボンを一緒に作ってくれたお兄さんとクローさんが、一緒のテーブルに座ってました。僕は二人の方に走ります。

「ちゃっ!!」

「ん？　ああ、ジョーディ様こんにちは」

「こんにちは、一緒に作ったシャボン、付けてくれてるんだね」

何で二人共ここにいるの？　あっ、それよりもクローさんがいるならグエタも一緒のはずだよね。グエタ何処？　僕はお店の中をキョロキョロ、グエタを探します。

「グエタを探してるのか？」

「こぉ？」

「グエタなら外で待ってるぞ。このお店には入れないんだ」

あれ？　そういえばわんわん達とローリーがいません。お店の前までは一緒だったのに。僕は急いでお店から出ようとします。でもパパに捕まっちゃいました。グエタに会いに行くのはご飯食べてからにしなさいって。

う〜、早く会いたいのに。それにローリー達は一緒にご飯食べられないんだって。ローリー達のご飯はどうするの？　馬車の中でお腹空いたって言ってたのに。

「ローリー達には、ご飯を運んでもらうから大丈夫だ。まずは自分が食べなさい」

ほんと？　ほんとに大丈夫？

僕達はクローさん達のお隣の席に座りました。僕はママのお膝の上。ご飯が運ばれてくるまでの間に、シャボンのお兄さんがお名前を教えてくれました。

お名前はフェルトンさん。クローさんとおんなじで冒険者さんです。でもお仕事がない時はおもちゃ屋さんでシャボンを作ってます。それからクローさんとグエタとお友達で、時々一緒に冒険に行くんだって。

「僕達はこれからリアルストンに行くんだよ」

リアルストン、何処かで聞いたような？

お兄ちゃんが嬉しそうに言います。

「本当？　僕達もリアルストンに行くの！　じぃじのお家があるんだよ。僕達じぃじのお家に遊びに行くんだ」

そうだ！　リアルストンはじぃじのお家がある街だ！

「そうなんだね。じゃあ、これから街に着くまで、ちょくちょく会うかもしれませんね」

ちょくちょくなんて言わないで、おんなじ街まで行くんだから一緒に行こうよ。そしたら途中でシャボン作ってもらえるかもしれないし、グエタと一緒に遊べるでしょう？

「ちょに、くのねぇ」

「ん？　何だジョーディ」

「ちょにぃ、くのねぇ！」

「何を言ってるかパパ分からないぞ。くそ、わんわん達は外だしな」

パパもみんなも僕の言ってることを分かってくれませんでした。もう！　あとでわんわん達の所に行ったら、ちゃんと伝えてもらわなきゃ。

あとは、このお店にはクッキーあるかな？　クッキーがあるならまたグエタにあげて、お空に飛ばして食べるところを見たいなぁ。

クローさん達とおんなじくらいに料理が運ばれてきました。今日のみんなのご飯は、大きなお肉の塊。じぃじの前に置かれたお肉なんて、僕の顔よりも大きいです。このお店で一番美味しいお肉なんだって、お兄ちゃんが教えてくれました。

僕はまだ、そんなの食べられないからスープです。スプーンを持ってぐるぐる、スープをかき混ぜます。スープの中は具がいっぱい。こんなに食べられるかな。ママがお椀に少しずつ入れてくれて、冷ましてから食べます。早く食べてみんなの所に行かなくちゃ。


「ぱ～ぱ、くのっ!!」

「待て待て、また転ぶぞ！」

「ジョーディ、それよりもお洋服よ。あなた、ハンカチを取って」

「ああ」

パパが僕が胸につけてたハンカチを取って、ママに渡します。ハンカチがないとスープを溢して、お花模様のお洋服になっちゃうから、さっきまでつけていました。

ハンカチを取ってもらった僕は、パパの手を引っ張ります。思った通りこのお店にもクッキーが売ってたから、パパに買ってもらって、ローリー達の所に急ぎます。グエタの分だけじゃなくて、みんなの分のクッキーを買ってもらいました。

「にゃ！　ちゃのよ！」

『あっ、ジョーディ来た！』

『ジョーディ、グエタがいたの！』

わんわん達の後ろにグエタが座ってました。それからみんなの前にはたくさんのお皿が。みんなは一匹、二匹……全員で五匹。でもお皿は一、二……十枚以上。そんなにみんなご飯食べたの？

わんわん達にご飯いっぱい食べたのって聞いたら、お腹いっぱいだって。僕はちょっとしょんぼりしながらパパのお洋服を握ります。みんながどうしたのって聞いてきたから、パパからクッキーをもらって見せます。

わんわんとにゃんにゃんが目を輝かせました。

『いい匂いすると思ったらクッキーだ！』

『これ僕達の？』

「にゃか、ぽんぽんねぇ」

『大丈夫、クッキーなら食べられるよ』

『クッキーちょうだい！』

わんわん達がクッキーをバリバリ食べます。ローリー達にもあげて、みんなが食べてるうちに僕はグエタの所へ。

まずはグエタに抱きつきます。街から出る時バイバイできなかったから、また会えてとっても嬉しい！　グエタもそっと僕のことを抱きしめてくれます。

会えて嬉しいのご挨拶が終わったら、次はクッキー。グエタにクッキーを渡したら、この前みたいにお空に投げて食べてくれます。二枚目を食べている時に、わんわん達が自分の分を食べ終わって僕達の所に。グエタにもっと高く投げて食べてみてって言いました。

グエタが立ち上がって、手をブンッて上げました。クッキーがお店のお屋根よりも、もっともっと上に。見えなくなったところで下に落ちてきました。

パクッ!!　あんなに高く投げたのに、ちゃんとお口でキャッチして食べるグエタ。僕とお兄ちゃんは拍手して、わんわん達はグエタの周りを走り回って凄いって褒めます。

クッキーを食べ終わったら、僕はさっきのお話をわんわん達に言いました。これでちゃんとパパ達も分かってくれるはず。

「ちょに、くのねぇ」

『そうなの？』

『僕達も一緒がいいなぁ』

「ちちょね」

『うん、きっと楽しいよ』

『僕達ちゃんとお話ししてあげる！』

パパとママが後ろでぼそぼそと話しています。

「いつも思うが、どうしてあれで会話ができるんだ」

「きっと小さい子達には、その子達だけの、感じるものがあるのよ」

わんわん達がパパにお話ししてくれました。それでお話を聞いたパパが、クローさん達と話し合ってくれます。こそこそ、こそこそ。そんな小さなお声でしなくても良いのに。僕はドキドキしながらパパ達を待ちます。

少しして僕達の所に戻って来たパパ達。お話し合いの結果、クローさん達も一緒にリアルストンまで行ってくれることになったって。

僕達みんなで拍手して、わんわん達は走り回って。グエタの拍手は凄かったよ。拍手するたんびにブワァッて風がくるの。

クローさん達はどうやって街まで行くのかなって思ってたら、昨日クローさんが僕達のお荷物を運んでくれたでしょう？　その台の上に二人で乗って、グエタに運んでもらうんだって。

馬車に乗った後すぐに窓を開けて、グエタが見えるようにします。グエタがニコニコしながら馬車の中を見てきました。

まだ外にいるじぃじとパパの話し声が聞こえます。

「何とかごまかせると良いのじゃが」

「このまま私達に監視がバレておらず、彼らにはたまたま会ったと思ってくれれば」

「ぱ〜ぱ！　くのよぉ！」

何お話ししてるの？　もう出発だよ！　パパが急いで乗ってきて、すぐに動き出す馬車。

僕は馬車からシャボンを出して、グエタに見せます。僕が作ったシャボン、綺麗でしょう？　お兄ちゃんも一緒にシャボンしたら、グエタはとっても喜んでました。他にも色々遊びながら過ごしているうちに、すぐにお泊まりする街に着いちゃいました。夕方になるちょっと前です。

ママがね、少し早く着いたから、少しだけならお外で遊んでいいって。だから街の真ん中にあった噴水の所で遊ぶことにしました。

僕達が遊んでいる間、パパやじぃじ、クローさん達はまたお話し合いだって。パパ達、お話し合いが好きだよね。

それでね、噴水の前に行った僕達。グエタが良い物を見せてくれるっていうんだけど……何とグエタ、自分のシャボンを持ってました。しかも僕達のシャボンと全然違います。とっても大きいの。シャボンの液体の入れ物は、可愛い見た目じゃなくて大きな壺《つぼ》。吹くストローは、僕の顔の半分くらいの太さでした。

シャボンの液体を太いストローに付けて、グエタが思いっきり吹きます。

シャボンが凄い勢いで膨らんでいって、あっという間に僕の体と同じくらいにまで成長しちゃいました。それからその大きなシャボンが、お空に向かって飛び始めます。

次々に膨らんで飛んでいくシャボン。こんなに大きいシャボンが作れるなんて、グエタ凄いね。

僕達はみんな騒いじゃいます。

シャボンの液体を付け直すグエタ。またたくさん大きなシャボンを作ってくれるのかと思ったら、今度は違いました。さっきみたいに思いっきり息は吸ったけど、吹く時はそっと。ゆっくりゆっくり、大きくなっていくシャボン。お兄ちゃんのお体よりも大きくなっちゃいました。それでもまだまだ大きくなります。

「にょおぉぉぉぉぉぉ!!」

最後はお兄ちゃん、僕、わんわん達全員が入っちゃうくらい、大きな大きなシャボンになりました。ストローからシャボンが離れても、大きすぎてすぐにお空には飛んでいきません。そんなシャボンを見ていたら、急にグエタが大きな声を出しました。ガオオオオッて。

僕達の周りに風が吹いてシャボンが揺れます。少しだけ浮かんでいたシャボンが地面に完璧についちゃいました。

『マイケル、入ってみて』

「入る？　シャボンの中に入るの？」

『そう、僕、魔法を使ったの。シャボンがすぐに割れないようにしたんだ。マイケルが入ったら、シャボンはすぐに元通りになるよ。マイケルが入ったらわんわん達。最後にジョーディね。でも少ししたら割れちゃうから早くね』

シャボンの中に入る？　そんなことできるの？　お兄ちゃんが急いでシャボンの前に立って、最初にそっとシャボンの中に手を入れます。次に足を入れてその次は頭。全部体が入ったら、パッンッてシャボンが閉じました。

凄い！　ほんとにシャボンの中に入れちゃいました。お兄ちゃんを見てわんわん達が勢い良くシャボンに走って行って、入る時だけそっと入ります。わんわん達が入ってもシャボンは割れませんでした。

最後は僕です。ママがそっと支えてくれて、僕がよちよちしながらシャボンの中に手を入れると、なんかふわって感じがして、でもすぐにそれがなくなりました。お兄ちゃんが僕の手を引っ張ってくれます。全部シャボンの中に入ったら、シャボンが閉じました。

シャボンの中から見るお外は面白かったです。虹色に見えたり、それから時々シャボンが揺れるのに合わせてみんなが揺れて見えたり。僕は楽しくて、シャボンの中でも叫んじゃいます。

「にょおぉぉぉぉぉぉ!!」

でもだんだん周りが白くなってきました。お外もママ達も見えなくなっちゃって。パンッ!!　シャボンが割れちゃいました。残念。

『もう一回やる？』

「たぁ！」

「うん！」

『やってやって！』

『とっても面白い!!』

またグエタが大きなシャボンを作ってくれて、またみんなで中に入ります。一回目より大きなシャボンを作ってくれたから、今度の方が長くシャボンの中にいられました。

『こんなのもできるよ』

今度は僕のお顔くらいのシャボンを作ったグエタ。またガオオオッて言って魔法を使います。魔法をかけ終わったら僕の方にシャボンを投げてきました。僕はそれを受け取ります。

凄い！　シャボンがボールみたいになっています。ぽんっ、とお兄ちゃんの方に投げて、お兄ちゃんはわんわんわんに、わんわんはにゃんにゃんに、にゃんにゃんはグエタに。みんなでシャボンのキャッチボールです。とっても軽くて、あんまり持っている感じがしないから、僕でも投げられるの。

少しして、楽しく遊んでたのに、パパが僕達を迎えに来ました。

「そろそろ宿に帰る時間だぞ。グエタにバイバイしような。グエタ、ジョーディ達と遊んでくれてありがとう」

僕、もっと遊びたいのに。パパに抱っこされて、僕の顔はぷっくりです。

するとグエタが凄いことを教えてくれました。

『ジョーディ、僕、シャボンでもっと色々遊べるよ。今度また遊ぼうね。シャボンでジョーディの大好きなサウキーを作ってあげる。だから今日はバイバイね』

シャボンでサウキー!?　ほんと!?　じぃじの住んでる街まで一緒に行くんだもんね。まだ遊べるんだ……。しょうがない、今日はバイバイしなくちゃ。

「ちゃ、ばば!!」

「グエタ、バイバイ！」

『また明日ね！』

『また遊ぼうね!!』

みんなでグエタにバイバイして、クローさん達にもバイバイしてお宿まで行きます。

今日わんわん達は、じぃじとおんなじお部屋にお泊まりなんだって。夜ご飯までみんな自分のお部屋でゆっくりです。

「ぱ～ぱ、ぽにょんにゃよぉ」

「そうか」

「ぽんぽんよ！」

「お腹空いたのか？　もう少し待っていなさい」

違うよ、僕はシャボンのボールのお話をしてるんだよ。

「パパ違うよ。ジョーディはシャボンボールのこと言ってるんだよ」

「そうなのか？」

お兄ちゃんは呆れ顔です。

「どうしてパパはジョーディのお話を間違うの？　僕も時々分かんないけど、でも大体分かるよ。パパ、いつもお仕事で僕達と遊ばないからだよ。もっと遊んで！」

「す、すまない」

「こら、マイケル。パパはお仕事なのよ。無茶を言っちゃいけません」

ママがそっと注意します。

そんなお話をしていたら、僕はいつの間にか寝ちゃってました。


「ちっこぉ……」

目をこすりながら起きます。周りをキョロキョロ。部屋の中はとっても暗くて、僕の隣でお兄ちゃんが、それから僕とお兄ちゃんを挟むように、パパとママが寝ていました。

いつ夜になったの？　僕の夜のご飯は？　それにおしっこ。ハッとして僕はベッドの中に顔を入れます。なんと、おしっこを漏らしてません。漏らしても大丈夫なように、ママが僕の所にいつも敷いてくれるシートが濡れてないの。

僕がちょっとだけベッドの中で万歳してたら、ベッドのお外から、ローリーの声が聞こえました。

『ジョーディ、何をしている？』

僕は顔を出して、ニコニコでローリーに言います。

「ちっこ、にゃによ！」

『ちっこ、ない？　お漏らししてないということか？』

僕はうんうん頷きます。それからおしっこしたいのも伝えました。ここで漏らしちゃったらもったいない。ローリーは分かってくれて、一緒にパパを起こしてくれます。

「う〜ん、何だどうした？」

「ぱ〜ぱ、ちっこ」

『ジョーディがおしっこだと。珍しく漏らさずに起きた』

「ん？　そうか。よし、トイレに行こうな」

パパが僕のことを抱っこして、お部屋に付いているおトイレに連れて行ってくれます。おトイレは地球とあんまり変わりません。形もほとんどおんなじだし、お水が流れるのも一緒。違うのは魔法でお水を流すってこと。

ちゃんと見たことないけど、おトイレの中に魔力を溜める箱が置いてあって、おトイレが終わったらその箱に付いているボタンを押すの。そうするとお水が流れるんだ。魔力はパパとか大人の人が溜めておいてくれるから、まだ魔法が使えない僕やお兄ちゃんでも大丈夫なの。

おトイレが終わったら、今度はパパにお腹空いたアピールです。

「ぱ〜ぱ、ぽんぽん」

お腹を撫で撫でしながら言います。

「今度はボールじゃなくて、お腹が空いたで合ってるよな」

うんそう、ボールじゃないよ。お腹だよ。

ちょっと待ってなさいって言って、椅子に僕を座らせると、僕の周りだけ魔法で明るくしてくれます。「お兄ちゃん達が寝てるから静かにな」と言って、パパは部屋から出て行っちゃいました。

そしてすぐに戻って来ると、トレバーとレスターが一緒です。

レスターがお皿とか、食べ物を用意している間、トレバーがあったかい飲み物を渡してくれました。それからパパが、胸にハンカチを付けてくれます。

スープにパンを浸して、もぎゅもぎゅ。うん、とっても美味しい。僕が食べ終わるまで待っててくれたトレバー達。ごめんね起こしちゃって。

ご飯を食べ終わって、二人にありがとうします。二人はお片付けして、おやすみなさいと言って部屋から出て行きました。

途中で起きちゃった僕は目がらんらん。お父さんが僕のことを寝かそうとして、抱っこして背中をポンポンしてくれるけど、全然眠くなりません。パパは何回も欠伸して、早く寝てくれって。だって目が覚めちゃったんだもん。

パパが僕を窓の方に連れて行って、お外を見せてくれました。所々明かりがついてるけど、ほとんど真っ暗です。よく見たら明かりがついているお家から、フラフラした人達が、出てきたり入って行ったり。もしかしてあそこ、お酒飲むお店なのかな？　こんな夜中でもお酒飲んでる人達がいっぱいいるんだね。フラフラして転んでいる酔っ払いもいました。

次はあっちを見てみようかな？　ちょっと顔を上げた時でした。

明かりのついているお店の前のお家。あんまりはっきり見えないけど、そのお家の上に赤い塊があるのに気付きました。

「ぱ～ぱ、ちっ！」

僕は赤い塊の方を指さします。

「何だ？　何か見えたか？　スプリングホースでもいたか？」

違うよ。お屋根の上に赤い塊だよ。ちょっと黒っぽくも見えるけど。

「シュプにゃい！　あにゃっ！」

「あにゃ？」

『赤のことか？』

ローリー正解！

「赤？　何が赤なんだ？」

もう、全然パパは分かってくれません。ローリーも赤色以外分かんないの。いつもだったら、もういいやって思う僕。でも、今回は違いました。なんかね、伝えなくちゃいけないって思ったんだ。あの赤と黒が混ざっている塊、なんかダメな気がする。僕は何とかわんわん達を呼んできてもらおうと思って訴えます。

「わんわん、にゃんにゃん、くゆの！」

「ダメだぞジョーディ。みんな寝てるからな」

「くにょ！」

ずっとこんな感じが続いていたら、あっ、塊がちょっと動いた！　隣のお家に塊が動いたんだ。

僕はパパのことをパシパシ叩いて、大きなお声でわんわん達呼んできてって言います。

そんな僕を見て、パパ達も何か思ったみたい。パパがローリーに、わんわん達を呼んできてくれって言いました。

「どうしたのあなた？」

僕が騒いでいたらママが起きました。

「ジョーディの様子がおかしい。何を言っているか分からないから、わんわん達を呼びに行ってもらった。ジョーディもわんわん達を呼んでいるからな」

少ししてわんわん達がお部屋に入って来ました。わんパパ達とじぃじも一緒です。

「どうしたのじゃ。こんな夜中に」

「それが、ジョーディの様子がおかしいんだ」

『ジョーディどうしたの？』

『何か見えたの？』

僕はわんわん達を窓の所に呼んで、塊のお話を始めました。

「あにょ、ちゃまり」

『赤の塊？』

「りょねぇ」

『黒も？　何処？』

「ちのぉ、しょで、あち！」

『赤と黒が混ざった塊が、向こうのお屋根から、あっちのお屋根に動いたの？』

「にゃによよぉ」

『なんか嫌な塊なんだね』

じぃじが目を見開いています。

「凄い光景じゃな。ワシには分からん」

「父さん、私もそうだよ」

お話が終わって、わんわん達がパパ達を呼びます。やっぱりわんわん達に来てもらって良かったです。すぐに僕のお話ししたいことを分かってくれたもんね。でもわんわん達にも塊が見えないみたい。パパ達に確認してもらわなくちゃ。

そうしたらパパ達の表情が変わりました。怖い顔になったんだよ。怒ってるような、考えてるような、困ってるような……変な怒り顔です。僕、変な物を見つけちゃったのかな？

じぃじが僕に、何処のお屋根に塊があるか聞いてきました。僕は指をさして伝えます。あっ、ほらまた動いたよ。今度は赤い塊が、最初にいた方のお屋根に戻りました。

「ローリー、分かるか？」

パパの問いかけに、ローリーは首を横に振りました。

『いや、オレには分からない。お前達はどうだ』

わんパパ達も窓から外を見ます。でもわんパパ達も分かんないみたい。僕にしか見えていません。何でだろう？

僕がもう一回塊の方を見た瞬間でした。塊からブワッ!!と赤色と黒色の光が溢れ出して、塊が乗ってたお家が、全部その光で包まれちゃいました。それが火事みたいに見え、僕はビックリして、それからなんか怖くて、涙が出てきます。

「にゃいによ!?　うえ、うわぁぁぁぁぁぁん!!」

「ジョーディ!?」

ママが僕のことを抱きしめてくれます。

『赤と黒がブワッて広がったって！』

『お家、火事みたいになってるって！』

「くそ！　分からないな」

あの塊怖いよ。それになんか分かんないけど、僕達のことを見ている気がする。

パパがローリーに、アドニスさん達を呼んでくるように言って、すぐにローリーが部屋から出て行きます。じぃじも準備してくるって、お部屋から出て行っちゃいました。

わんパパ達は様子を見てくるって言ったんだけど、パパが何かあるといけないから、みんなが揃ってからの方が良いって、引き止めました。

パパが窓を閉めようとします。僕は泣きながらチラッとお外を見てみました。まだ火事みたいになってるかな？　パパが完全に窓を閉めちゃう瞬間、光がすぅって消えたのが見えました。

「ぐしゅっ、けちゃ、ぐす」

『ほんと？』

『ジョーディパパ。変な光が消えたって』

「消えた？」

僕はママにしがみ付いたまんま。そしたらガシャンガシャンと音がして、鎧を着たじぃじが部屋に入って来ます。少しして今度は、バタバタとアドニスさん達が部屋に入って来ました。

パパが僕の見たものの説明をして、それから僕にもう一回だけ、お外見てくれるかって。本当は見たくなかったけど、勇気を出してちょっとだけ窓を開けて覗いてみます。

お家は元のお家に戻ってて、お屋根の上にいた塊もいなくなってました。他のお家のお屋根にもいません。僕がうんって首を振ったら、ママがすぐに窓を閉めてくれます。それからお椅子に座って、僕のことをいい子いい子してくれました。

パパとじぃじが相談を始めます。

「父さんどうする。確認した方が良いのは分かってるけど、もしかしたら」

「見回りという体《てい》で確認してくれれば、良いじゃろう。だが気取られんようにせんと……」

またバタバタ足音が聞こえて、ドアの前で止まりました。それからトントントン。三回ノックの後に、もう二回ドアをノックしました。変なノックだね。

パパがすぐに行くって言って、ママと僕、それからこんなに騒いでるのに全然起きないお兄ちゃんにキスして、みんなで出て行っちゃいました。

パパ達がお部屋から出た時、ちょっとだけお外が見えて、一瞬フェルトンさんが見えた気がしました。何でフェルトンさん？

僕、みんなのことがとっても心配です。そして、心配だけど、塊も気になるけど、他にも一つ気になることが増えちゃいました。

そう、お兄ちゃんのことです。ほんとにお兄ちゃんは起きないね。僕はママにもう大丈夫のアピールをして、お膝から下ろしてもらいました。それでお兄ちゃんの所に行きます。

ベッドに一人で乗れないから、ローリーにお洋服を咥えてもらって乗りました。それでお兄ちゃんの顔をぺちぺち叩きます。ママが慌てて僕を抱っこして、メッてしました。

「ダメよ、お兄ちゃん寝てるんだから。これくらいじゃ起きないけれど、でもぺしぺしはダメよ」

これくらいって、どれくらいなら起きるのかな？　お兄ちゃんのおかげでさっきまでの怖いのがなくなりました。だって気になるよ。あれだけ僕が泣いて、パパ達もみんなバタバタ、とっても煩かったのに、寝返りもしてないんだよ。

ママが僕を静かにベッドに下ろします。それからわんわん達もベッドに乗って来て、みんなでお兄ちゃんをじぃ～と見つめました。

「マイケルは一度寝たら、何があっても絶対に起きないものね。お兄ちゃんのおかげで怖がってたの忘れられたみたいね。良かったけど、子供ってどうしてこう、ころころと興味が移るのかしら」

ママが一人でブツブツお話ししてます。お兄ちゃん、何したら起きるかな？

＊＊＊＊＊＊＊

まったく危なかった。私――レイジンが奴らの監視をしている最中に、デイライトにもらった薬が予定よりも早く、その効果を失ってしまったのだ。

それに気が付いたのは酔っ払いのおかげだった。薬の効果が切れる予定の時間までまだまだあると思っていたのに、通りかかった酔っぱらいが私の方を見て、ガハハハハッと笑ってきたのだ。しかも服の色がダサいと。

ハッとして、私は慌てて薬を飲む。少しの間をおいて、酔っ払いがキョロキョロと周りを見て、幻覚を見るなんて酔いすぎたかと言って、フラフラしながら離れて行った。

ふぅ、何で予定よりも早く効果が切れた？　考えようとした時、何故か分からんが監視対象のサイラス・マカリスター達がこちらにやって来たではないか。何だ？　私のことがバレたのか？　動きを止め、奴らの様子を窺う。話し声に耳を澄ませば、どうも街の巡回をしているようだ。何故今日に限って？　しかも自分の住んでいる街でもないのに。前回の街でもそんなことはしていなかっただろう。本当は私に気付いていて、わざと巡回のふりをして油断させようとしているのか？

しばらくその辺を巡回した後、奴らは先程来た方へと戻って行った。私はそれを確認すると、すぐに自分達がテントを張っている場所へと戻ることにした。テントにはデイライトがいる。

先に帰ると言っていたデイライト。ところがベルトベル様から連絡がきて、そのまま二人で奴らを監視することになったのだ。そういえば私が監視に向かう前……。

「二人になったから、薬が足りなくなるといけない。少し薄めたところで、効き目の時間が短くなるだけだ。だから……」

時間に気を付けて使おうと言って、薬に水をドバドバと入れてしまったのだ。そうか、そのせいであの状況に。そうに決まっている。まったくアイツは。

それにしても……。奴らのあの動き。監視がバレていると考えてみよう。

一応私もこの世界で生きているプロだ。そう簡単に監視がバレるはずがない。が、そんな私でもバレるかもしれない瞬間がある。

一つ目は薬を飲む瞬間だ。

あの薬を飲む瞬間、体の中からかなりの魔力が放出される。これはこの薬特有のもので、もし魔力の少ない人間が使えば、その人間はその放出に耐え切れず気を失ってしまう。また慣れていないうちは、酷いめまいを起こして倒れることも。そのせいで私も何度か倒れそうになり、監視対象にバレそうになったことがあった。

そしてもう一つ。これは私が原因なのだが、私の魔力は普通の人間の平均の三倍程ある。自分で言うのもなんだがかなりの魔法が使えて、もし正規で冒険者登録をするならば、トップクラスの冒険者になれるだろう。

そんな私だが、一つのことに――例えば今日のような監視をしている時――集中しすぎてしまい、自分の魔力を抑えられず、溢れさせてしまう時があるのだ。

自分でも最初気付かず、初めの頃、何度も監視がバレることがあった。ある時ベルトベル様と監視にあたった時、そのことを指摘されたのだ。

ベルトベル様に魔力を抑える訓練をしろと言われ、何とか抑えることができるようになったのだが、それでも時々魔力が漏れてしまう。

奴らにもしもバレているならば、この二つのどちらかが原因である可能性が高い。一つ目の理由でバレたのなら、あの馬鹿の責任だが。

テントまで戻り、布を勢い良く開ける。デイライトが酒を飲みながら、こちらをニヤニヤ見てくる。

「何だ、どうした？　もう交代の時間か？　まだ外は暗いぞ。それともつまみでも買ってきてくれたのか？」

その姿を見てイラっとした私は、デイライトの頭を思いきり叩く。

「おい！　何するんだ！　酒が零れただろう」

「お前のせいで監視がバレかけた。いや、バレたかもしれん」

「俺のせい？　お前が失敗したんじゃないのか？」

「いいや、お前のせいだ。お前が薬を薄めたせいで、予想よりも早く効果が切れて、酔っ払いに私の姿を見られてしまった。しかもその後すぐに、マカリスター家が、奴らが今までやったことのない巡回をわざわざしに来たんだぞ」

「あっ、そんなに早く効果が切れたのか？　すまんすまん」

私はもう一度デイライトの頭を叩いた。何でこいつはこうも。

デイライトは私よりもさらに強い魔力を持っていて、繰り出す魔法の種類も多く、そのすべてがかなり精密なものだ。私達の仲間の中で、これほどの魔法使いはいないだろう。

それだけの能力を持っているのに……。

こいつは仕事中でも平気で酒を飲み、仕事をしたくない時には、勝手に何処かへフラフラ行ってしまう。皆に仕事を押し付け、何度仲間ともめたことか。

それでも私達が苦労してやり遂げようとしたり、手に入れようとしたりした仕事を、デイライトは涼しい顔でこなしてしまうのだ。何でこんな不真面目な奴が……。

私はもう一度奴の頭を叩いた。いや、叩こうとしたがその手は奴に止められた。

「悪かった。お詫《わ》びに今から俺が監視に行ってくる」

「そんな酔っ払った状態でか」

「俺が行くんだぞ。何も問題はない」

デイライトはすべての酒を飲み干すと、よっこらせと立ち上がり、テントから出る。

「もう少しすればリアルストンに着く。それまではなるべく今まで通りにして、あまりにも変化があった場合は監視を止めれば良いだけのこと。奴らがリアルストンに行くことは変わらないんだからな。じゃあ行ってくる」

そう言いながら、テントから出て行くデイライト。

我々の計画を進めるには、今回の監視はとても重要だ。あの時奴らが森の近くに来なければ、そして子供が攫われていなければ、今頃もう少し計画が進んでいただろうに。

そしてあの馬鹿な冒険者共め。あいつらも私の考えた計画通り動いていれば。奴らにも早く接触しなければ。

＊＊＊＊＊＊＊

『どうしたら起きるかな？』

『大きな声で吠えるとか？』

わんわん達がそう言ったから、僕は叫んでみました。

「にょおぉぉぉぉぉ！」

「だからダメって言ったでしょう」

ママが僕とわんわん達のことを、まとめて抱っこします。

「静かにしないと、明日のおやつはなしにするわよ。ないないよ」

ふお!? おやつなし!? それはダメ！

僕達は頷いて、またベッドに下ろしてもらい、すぐにみんなで潜ります。それでお顔だけ出して、お兄ちゃんにピタッてくっつきました。

そして、いつの間にか寝ちゃっていた僕。起きたら明るくなっていて、パパ達が帰ってきていました。それでおはようしようと思ったんだけど……。

なんかパパも、パパの前のお椅子に座ってたじぃじも、ちょっと顔が怖くて、それからピリピリしている感じでした。

ローリーが僕が起きたのに気付いてパパに知らせます。こっちを見たパパがいつものニコニコのお顔に変わりました。

「ジョーディおはよう」

「ちゃっ!!」

大きな声でご挨拶。お着替えしてすぐに朝のご飯を食べて、今日もじぃじの住んでいる街に向かって出発です。

と、思ってたんだけど……。

ご飯を食べた後、これから馬車に乗るんだと思って、ママにいつもの酔い止めのグミをもらおうと口を開けて待ってたら、ママが何してるのって言いました。ママ、酔い止めのグミだよ。わんわん達がママに伝えてくれました。

そしたら、今日はリアルストンには向かわないんだって。パパ達がなんか調べることがあるみたい。だからもう一日だけお泊まりしてからじぃじのお家に行くの。

パパ達はお仕事だけど、僕達はママが街の広場に連れて行ってくれるって。う~ん、じゃあいいかな。すぐにお出かけの準備をして、行くのはベル、ママ、お兄ちゃんと僕、それにわんわん達とわんパパね。

パパとじぃじ、それからローリーとにゃんパパは昨日の夜、赤と黒の塊を調べに行ってたから、これからおやすみなさい。それから仕事です。

広場には歩いて向かいます。それでその広場に行く時、昨日、赤と黒の塊があったお家の前を通りました。昨日見た時みたいな赤と黒の塊は全然なくて、普通のお家。昨日のは何だったのかな？

それからすぐに広場に到着。ベルが家から持って来ていたボールを僕達に渡します。そのボールでいっぱい遊んで、わんパパと追いかけっこしたり、あとは広場の花壇に集まっている虫を見たり。芋虫を握って見せに行ったら、ママとベルに怒られちゃいました。

お昼はお外で食べたよ。広場の目の前にあったお店に行ったの。僕はスープ、ママ達はサンドウィッチを、わんわん達はお肉の塊を食べました。

それでお昼寝の時間にお宿に戻るまでまた広場で遊ぼうって。遊んでいたら、急に凄く強い風が、ビュウゥゥゥっ!!って吹いて、お兄ちゃんの帽子が飛ばされちゃいました。

広場には木がいっぱい生えていて、ちょっと林みたいになっている所があったんだけど、帽子はそこに飛ばされちゃって、お兄ちゃんが急いで追いかけます。それで木の間から、

「ママ、帽子どこ!?」

と声がします。どうやら見つからないみたい。ママがすぐにお兄ちゃんの所に。そしたら木に引っかかっていたみたいで、魔法でママが取ろうとするんだけど、上手に取れません。

「すみませんが、ジョーディ様のことを」

『ああ』

ベルもママ達の所に行っちゃって、帽子を取ろうとします。僕の所にはわんわん達とわんパパが残りました。

「りょねぇ」

『ねぇ、取れないねぇ』

『早く遊ばないと、帰る時間になっちゃうよ』

何で魔法を使ってるのにすぐに帽子を取れないの？　僕も行ってみようかな？　そう思った時……。

僕達が入ってきた入口と反対側の、別の入口に、昨日の赤と黒の塊が見えました。僕はビクッとしてわんパパにしがみ付きます。わんパパがどうしたって聞いてきたので、僕はわんわん達を通し

て、あの塊が入口にあるって伝えました。

それを聞いたわんパパがすぐに入口の所に。でもわんパパが着く前に、塊が別の所に移動しました。

わんパパ違うよ、そっちじゃないよ！　入口にいるわんパパまで声が届かなくて、身振りで何とか伝えます。なのに、あっちに行ったりそっちに行ったり。僕はだんだん怖さがなくなって、それよりもイライラしてきちゃいました。

もう！　あの塊のせいでじぃじのお家に行けなかったし、パパ達はお仕事になっちゃったし、それに僕のことを泣かせた。……よし！　僕が絶対捕まえちゃうもんね!!

僕はママ達の方を見ます。ママ達はお兄ちゃんの帽子を取るので大変。そうだ!!

「ちゃの、ぱ〜ぱ、こうよ！」

『ジョーディパパ呼んで来るの？』

「たぁよ、ちゅちゃ、わんぱ〜ぱ!!」

『僕のパパに、あの気持ち悪い塊をジョーディが捕まえるって教えて、その後でジョーディパパ達をここに呼んでくればいいんだね！』

「ちゃいの!!」

『分かった！　まずはパパを呼んでこよう』

わんわんがわんパパを呼びます。すぐに戻って来ようとするわんパパ。よし、僕もわんパパの方に向かおう。わんわんがお宿の方に向かい、にゃんにゃんと僕は、わんパパの方に高速ハイハイで走り始めました。すぐに僕の所に来てくれたわんパパ。

『何をしてるんだ!!』

「ちゃいの！　ちゅよのぉ！」

『一緒に捕まえるって』

『何危ないことをしようとしているんだ！　ルリエット達の所に戻れ!!』

ダメだよ。あっ、ほらまた向こうに移動した！　もう！　絶対に捕まえるんだからね!!

僕とにゃんにゃんはまた走り出そうとします。あ〜あ、今度はそっちだよ。僕が急に右に曲がったら、にゃんにゃんもそれに続いて。

『ああ、くそっ！　絶対にローリーに怒鳴られるな。危ないと判断したらすぐに戻る!!』

わんパパが上手に僕とにゃんにゃんを咥えて走り始めました。

「ちぃ！」

『あっち！』

「ちょおっ!!」

『そっち!!』

僕は塊が見える方を指さして、にゃんにゃんに方向を教えて、にゃんにゃんはそれをわんパパに伝えてくれます。わんパパはローリーみたいにとっても足が速いからね。どんどん塊に近づく僕達。

でも時々塊が消えちゃうの。何処にも見えなくなっちゃって、でもちょっと待ってると、またひょこって出て来て、またまた追いかけっこ開始です。

追いかけては消えて、追いかけては消えて。

「たいのっ！」

『今度はあっち！』

「ちゃのっ‼」

『今度はそっち‼』

たまにわんパパが間違えるから、僕は手を伸ばしてわんパパのお髭を引っ張ります。にゃんパパよりも短いけど、ちゃんと掴めるもんね。

『やめりょ！　ちじゅかにちていろ‼』

僕達を咥えてるから、変な言い方になってるわんパパ。じゃあちゃんと追いかけて！

それから何回も追いかけて探してを繰り返して、だいぶ塊に近づいた時でした。わんパパが、

『あにょちとかげか‼』

って。わんパパも塊がどれか分かったみたい。でもわんパパがそう言った途端、塊がしゅってまた消えちゃいました。わんパパが塊が消えた所で止まります。

それで周りをキョロキョロ。今度は何処に行っちゃったの？

＊＊＊＊＊＊＊

くそっ、何で的確に俺を追ってくる？　隠れて様子を窺い、俺を見失っていると確信してまた逃

げれば、すぐにまた俺に気付き確実に追いかけてくる。薬の効果は出ているはずだ。さっきまでの薬が切れる前ならいざ知らず、今は飲んだ後だ。

俺――デイライトはレイジンに代わり、今奴らを監視していたところだ。が、いきなりダークウルフが俺のいた場所へと来て俺を探し始め、そして今はマカリスター家の子供と一緒に、的確に追いかけて来ている。

俺達の狙いは奴らを捕らえること。今いるダークウルフの親だけなら、できないこともないが、何故か頭にはこの街では手を出すなと言われている。せっかくのチャンスかもしれんが、頭の言うことは絶対だ。それにこれ以上近づかれ、俺の顔を見られるわけにはいかない。

くそっ、こうなったら、薬はレイジンが持っている物だけになってしまうが……。

俺は逃げ込んだ路地裏で、そこにいたそこそこ力がありそうな、大柄の冒険者に目を付ける。この路地裏には素行の悪い冒険者が集まっているからな、俺の身代わりになってもらうにはちょうどいい。

大柄の冒険者を捕まえ家の隙間に隠れると、そいつに精神魔法をかける。今までの、そう、レイジンの仕掛けたあのキラービーの襲撃。それから森でダークウルフ達を捕まえるよう、手引きしたこと。今奴らに捕まっている冒険者達が、これからの拷問《ごうもん》で何か話しても良いように、そのすべてを仕掛けたのは自分であると、冒険者に暗示をかけた。それから今ここで何をしているのかも。

そうだな、名前はガイダンスにでもしておくか。

「お前の名前はガイダンスだ。ガイダンス、お前はここで何をしている」

「俺の、名前は……ガイダンス……。今俺は……見張りをしている」

よし。最後に俺は薬を飲ませ、その瓶を奴のポケットに入れる。こんなことをしても、すぐにマカリスターの連中にはバレてしまうかもしれないが、俺達が逃げるまでの時間は稼げる。

「さぁ、行け！　お前は今からガイダンスだ！」

冒険者を少し離れた場所に連れて行き、大通りに出す。そして俺は隠れて様子を窺った。

よし!!　奴らが冒険者の方へついて行く。オレは奴らが冒険者に気を取られているうちに、その場から逃げ出した。まったく何故こんなことに！

＊＊＊＊＊＊＊

あっ！　また見つけた！

「たいのっ！」

『ありぇか！』

わんパパが僕達を下ろそうか迷います。僕達大丈夫だよ、早くしないとまた逃げちゃうよ！　そう言おうとした時、僕達の後ろの方から声がしました。

『ジョーディ!!』

後ろを見たらローリーと、わんわんを咥えたにゃんパパが走って来ました。

『あっ、お父さんだ！　おーい！』

「りー!!」

ローリー達が来たのを見て、わんパパがヒョイって上手に、僕を右に、にゃんにゃんを左に投げました。次の瞬間、ローリーが僕を咥えて、にゃんにゃんをにゃんパパが、わんわんをわんパパが咥えます。

『あいつが赤と黒の塊の正体だ！』

『あいつが……そうか。ジョーディ達だけここに置いていくわけにもいかないな。幸い俺達は今三匹そろっている。攻撃されても大丈夫だろう。このままあいつを押さえるぞ』

ローリーがそう言って、三匹が思いっきり赤と黒の塊の方にジャンプします。それで赤い塊を囲みました。赤い塊の正体は男の人だったよ。なんか目がトロンってしている変な人。

『これ以上近づくと、何かあるかもしれん。ここから魔法で捕らえるぞ』

ローリーと僕の周りを風がビュウビュウ吹いて、わんわん達の周りはお水、にゃんにゃん達の周りは土が包んで、

「ちゃいのぉっ!!」

僕がやっちゃえって叫ぶと、ほとんど一緒にわんわん達も同じように叫びました。

その瞬間、風とお水と土がバシャアァァァァッ!!って、男の人に向かって飛んで行って、男の人が、出て来た壁にバアァァアンってぶつかりました。男の人は倒れてそのまま動きません。その周りをローリー達の魔法がグルグル包んで、男の人を閉じ込めました。

僕とわんわん達は一緒にやったぁ！　変な男の人を捕まえたよ！と叫びました。

僕達が喜んでいたら、また後ろから僕達を呼ぶ声が。パパやじぃじ達がスプリングホースに乗って僕の所に走って来たんだ。それで僕のことを抱っこします。

僕はニコニコ、赤と黒の塊の男の人を見つけて追いついたよって、それから捕まえたよってパパに報告します。パパ、僕頑張ったよ！

「ちゃのぉっ!!」

「何をやっているんだ！　何で勝手に動いたんだ！　どうして危ないことをしたんだ!!」

いきなりパパが大きな声で怒りました。そして僕の手をパシンッて軽く叩いたんだ。痛くないけど、今までニコニコ頑張ったアピールしていた僕は、ビックリして泣いちゃいました。

「うえ、うええ、うわあぁぁぁぁぁぁん!!」

僕はパパに抱っこされたまま、男の人はじぃじが縄でグルグル巻きにして引きずって歩いて、僕達が遊んでた広場に戻ります。広場に着いたらママ達とアドニスさん達がいました。

ママはとっても心配そうな顔をしていて、僕を見たら駆け寄って来て抱きしめ、それからパパみたいにとっても怒りました。

「もう、何してるのよ！　ママもみんなもとっても心配したのよ!!」

「うええ、ちゃいいぃいぃ！」

勝手にいなくなってごめんなさい。僕は泣きながら何回も謝ります。それからも怒っていたパパとママ。でもその後は心配そうだけど笑ってるお顔になって、僕のことを抱きしめて帰りましょうって言ってくれました。

みんなで広場から出ます。じぃじの代わりに男の人を縛った縄を持ったアドニスさん。じぃじみたいに、ずるずる引きずって運びます。

もうあの男の人のせいで、昨日は怖くて泣いちゃうし、今日は追いかけてパパとママに心配かけて怒られちゃって、それで泣いちゃったし。全部あの男の人のせいなんだから。

アドニスさん達が途中で別の方に行こうとします。男の人をお宿じゃなくて、別の所に連れて行くんだって。その時わんわん達が待ってってって言いました。それで男の人の顔の所に駆け寄ります。

『お前のせいでジョーディいっぱい泣いちゃったんだぞ！』

『お前のせいでジョーディいっぱい怒られちゃったんだぞ！』

『『僕達、ジョーディ虐める奴許さないぞ!!』』

そう言って、二匹で男の人の顔に向かって、おしっこする格好をしました。慌ててわんパパ達がわんわん達を咥えて、男の人から離れました。

『まったく何をしようとしてるんだ！』

『だってジョーディを泣かしたんだよ！』

『だからって勝手にそういうことをするんじゃない！』

『何で！　ジョーディを泣かせた悪い奴だよ！』

そうだそうだ！　僕も泣きながら止めたわんパパ達に文句を言います。

「ちゃいのっ、ひっくっ。ブー！」

「泣きながらでも、しっかり文句言ってるぞ」

ってパパが呆れて言いました。そしたらじぃじがガハハハハッて笑って、

「どれ、ワシも行くかの」

そう言うと、僕と二匹の頭を撫で撫でして、アドニスさん達と行っちゃいました。

たくさん泣いちゃった僕。その日の夜ご飯は疲れてとっても眠くて、柔らかい赤ちゃん用パンを三口だけ食べたのは覚えてるんだけど、いつの間にか寝ちゃってました。

＊＊＊＊＊＊＊

「お疲れ様。それで？」

「色々出てきたわい」

ジョーディ達が眠りにつき、その後少しして帰って来た父さん。父さんの話によると、ジョーディが追いかけて捕まえたあの男は、高価で珍しいある薬を持っていたらしい。姿を消すことのできる薬だ。その冒険者を見た限りでは、この薬が買えるとは到底思えないのだが。

そして目が覚めた冒険者の話を聞く限り、これまでの事件の関係者だということが分かったと。

だが、どうも様子がおかしいらしい。

「何者かに精神魔法をかけられている可能性がある。だがこれを調べるには、ワシの街まで行かんとどうにものう」

「精神魔法。これを使えるのはかなりの能力者のはず」

「まぁ、すべてはワシの街に着いてからじゃな。見張りを増やしてきた。それだけの能力者がいると考えて行動しないとの。で、ジョーディはどうじゃ」

父さんがジョーディの方を見る。今はルリエットがジョーディの頭を撫でているところだ。

「怪我もないし、泣き疲れてさっさと寝たよ」

「そうか。はぁ、久しぶりに肝が冷えたぞい」

父さんの言葉を聞き、私は慌てて帰って来たわんわんに叩き起こされたことを思い出す。

そして話を聞いた時は、どれだけ心配で押しつぶされそうになったことか。まさかジョーディがあんな無茶をするなんて。まだ一歳になったばかりの赤ん坊だぞ。はぁ。本当に無事で良かった。

あの時のことを思い出し、一瞬体が震えた私と、やはり安心のため息をついている父さん。するとルリエットが話に入ってくる。

「まったくですわ。あんな無茶をするなんて。一体誰に似たらこんなことになるのかしら」

その言葉に私と父さんは顔を見合わせてしまった。そして共にルリエットを見る。彼女はジョーディに視線を向けていた。今の私達の顔を見られなくて良かった。私はあることを思い出し、微妙な顔をしていただろう。

そう、いつも街に魔獣がくると、誰よりも早く魔獣を倒しに、屋敷を飛び出していくルリエットの姿を思い出していた……。

7章　じぃじの住んでる街、リアルストンに到着

『どうしたら起きるかな？』

『大きな声で吠えるとか？』

わんわん達がそう言ったから、僕、叫んでみました。

「にょおぉぉぉぉぉぉ！」

「だからダメって言ったでしょう」

ママが僕とわんわん達のことをまとめて抱っこします。あれ？　これ昨日もやらなかったっけ？

昨日色々頑張って、それで怒られてたくさん泣いて、いつの間にか寝ちゃってた僕。朝起きてパパとママの顔を見たら、昨日の怖いパパ達じゃなくて、いつもの優しいニコニコのパパ達に戻っていました。それで僕もニコニコ。とっても元気になりました！

それで隣を見たらお兄ちゃんがまだ寝てて、起こそうとしてたら、昨日とおんなじに。でもやっぱりお兄ちゃんは起きなかったよ。

ご飯の前になってやっと起きたお兄ちゃん。お着替えしてすぐに朝ご飯を食べて、今日はあの酔い止めのグミを食べました。いよいよじぃじの住んでる街に向かって出発です。

それからの移動は何もなくて、とっても「楽しい」がいっぱいでした。ローリーと遊んで、時々

フェルトンさんが新しいシャボンを作ってくれたり、グエタが大きなシャボン作ってくれたり、いっぱい遊んでくれました。

あとじぃじが途中で狩りをしました。林の中を通っている時、イノシシみたいな魔獣がたくさん出てきちゃったの。

みんなで窓から外を見てたら、先頭を歩いていたじぃじが、キラービーをやっつけた時みたいに、ブンッ!!って剣を振って、すぐに全部倒しちゃいました。

そしたらじぃじがね、また魔獣が来て馬車が止まると時間がもったいないって、分かる範囲の魔獣さん達を倒してくると言って、騎士さん達と林の奥に消えました。

少ししてじぃじ達は、オークやトカゲ……たくさんの魔獣を持って帰ってきて、荷馬車に積んでました。美味しい魔獣を持って帰ってきたんだって。じぃじの住んでいる街まであとちょっとだったから、ママが氷の魔法で魔獣を冷やして持って行けば大丈夫って、じぃじはとっても喜んでました。

「ワシの家に着いたら、この魔獣でごちそうを作ってもらおう。せっかく初めてジョーディが来てくれたんじゃからな、盛大にせねば。ちょうど良かったわい」

「お義父様、ジョーディにはまだこれは食べられませんわ。スープにしてトロトロになるまで煮れば大丈夫ですが」

「む、そうか？　まぁ、食べられる物だけ、食べれば良いじゃろ。マイケルも楽しみにしているのだぞ」

「うん!!」
お兄ちゃんが元気に頷きました。

それから二回お泊まりして、今日の夕方ちょっと前、パパが窓からお外を見ました。つられてお兄ちゃんもお外を見ます。

「あ！　壁が見えた！」

壁？　今日お泊まりする街の壁が見えたのかな？

パパが僕のことを抱っこしてくれ、わんわん達は窓からぴょんってお外に飛び出します。

「ジョーディ、じぃじの住んでるリアルストンに着いたぞ。とっても大きな街だから、壁もとっても大きいんだ」

あの大きな壁の中に街があるの？　今までの街も大きかったのに、今向こうの方に見える街を守っている壁は、他の街の壁よりも大きいのがここからでも分かります。

壁がどんどん近づいてきて、僕は首をできるだけ後ろに引きます。そうしないと一番上まで見えないの。パパにお外に出て見てみたいって言ったら、いつの間にかじぃじが窓の所に来ていて、窓から僕を連れ出し、じぃじの前に座らせてくれました。

僕、スプリングホースに乗るのは初めてです。ローリーにはいつも乗せてもらってるんだけど。まさか今日乗れるなんて思いもしなかった。前にパパに乗せてって言ったら、パパもローリーも分かってくれなくて、そうか、スプリングホースが好きかって。それで終わっちゃったの。

「にょおぉぉぉぉぉぉ!!」

「そうか、嬉しいか。良かったのう」

パカパカ、パカパカ、スプリングホースがゆっくり歩きます。ちょっと揺れるけど、じぃじがしっかり抱っこしてくれてるから全然大丈夫。

それからお外に出たおかげで、首を無理に引かなくても、壁がちゃんと見えました。ほんとにとってもとっても大きい壁です。

でも、せっかく楽しくスプリングホースに乗ってたのに、すぐに止まっちゃいました。街の中に入る列に並んだから。

列ね、とっても長かったです。今までで一番長いの。入口が見えないんだよ。それからこんなに長い列なのに、二列に分かれているの。

「ないのねぇ～」

「ん？　何じゃ？」

「ないのよ」

『じぃじ、ジョーディが、列が長いって』

『ね、とっても長い』

「そうか、そう言っとったのか。そうじゃのう、街に入るのは夕方過ぎかの」

え？　そんなに時間がかかるの？

「リアルストンは大きい街で、たくさんの街から人が集まってくるのじゃ。街にとって良くない物を持ち込もうとする輩《やから》も多いからの。荷物検査は大切じゃ。ジョーディにはちと分からんかの。なるべくジョーディ達が飽きないうちに中に入りたいがのう」

良くない物？　ふ～ん？

ちょっとずつ列が進みます。早く街に入りたいのに。夕方過ぎって言ってたから、今日はきっと街の中を見ないで、すぐにじぃじのお家に行くはず。ちょっと残念。明日は街の中で遊べるかな？

じぃじのお家はどんなかな？　お庭あるかな？　僕のお家みたいに、スプリングホースとかサウキーいるかな？

あっ!!　じぃじのお家のことを考えてて思い出しました。じぃじに会って、もう会ったつもりになってたけど、まだばぁばに会ってないんだった。今のうちにばぁばのことを聞いておこうかな？

「じじ！」

「ん？　何じゃ？」

「ばば？　ちい？」

「ばばは、ばぁばのことじゃな。ばぁばがどうかしたかの？」

「ちぃの？」

すぐにわんわん達が訳してくれます。

『じぃじ、ジョーディはばぁばのこと聞いてるんだよ』

『どんな人って、優しい？って』

「そうじゃのう……」

じぃじが静かになっちゃいました。どしたの？　僕がお話を聞いてたら、パパが馬車から顔を出して、馬車に戻りなさいって。またもう少ししたら出ても良いからって。

まだじぃじにばぁばのことを聞いてないのに、僕は馬車の中に戻ります。戻ったらママが抱っこしてくれました。それで、ママからばぁばのことを教えてもらいました。

ばぁばはとっても強いんだって。一人で森に行って魔獣を倒したり、悪い人達が街に来ちゃった時も、一人でみんな倒しちゃったり、とってもとっても強いそうです。

それからばぁばはママの魔法の先生です。ママはとっても魔法が上手でしょう、それはばぁばが色々教えてくれたからなんだって。じゃあ、剣はじぃじが先生かな？　ママ、剣も持ってるもんね。

「ばぁばはとっても優しいよ！」

お兄ちゃんがお話に混ざって来て、色々教えてくれます。

ばぁばはお兄ちゃんにとっても優しいそうです。分かんないことがあったら何でも教えてくれて、それから一緒にたくさん遊んでくれます。絵本もたくさん読んでくれるって。僕にも読んでくれるかな？　僕も絵本大好き。

「ばぁばはいつもニコニコしてるんだよ。でも時々変なんだぁ。悪いことした人達にも、襲ってきた魔獣にもニコニコしてるの」

「にこ？」

「うん、ニコニコ。あっ、あとね、時々ばぁばの近くで変な音がするんだ。でもこれはじぃじの側でも聞こえるの。あのね……」

時々、じぃじとばぁばが一緒にいると、パンッとかバシッとか。変な音がするんだって。それでその音がすると、じぃじがいつも何処かお体を押さえるんだって。前にお兄ちゃんが何の音か聞いたんだけど、気にしないでってばぁばに言われたんだって。ふ〜ん。何だろう？

僕は窓からじぃじのお顔を見ます。あれ？　じぃじ、困ったお顔してる？　それとも嫌そうなお顔？

「父さん、もしかして何も言わずに」

「い、いや、一応は言ってきたぞ。話を聞いてこなかっただけで、けして黙って出てきたわけではない」

「お話をされている最中に、部屋から出られたのでは、結果は変わらないと思いますが」

じぃじといつも一緒にいる男の人が、パパ達のお話に入って来ました。男の人の名前はドレイク。うんとね、トレバーとレスターとおんなじお仕事をする人です。ドレイクはいつもじぃじのことを怒ってるんだよ。これも一緒だね。でも僕達にはとっても優しいんだ。うん、これも一緒。

「はぁ、門を通ったら連絡がいくからね。きっと母さん、玄関ホールで父さんの帰りを待ってますよ」

「今回は緊急だったのだ。大丈夫じゃろう、きっと大丈夫なはずじゃ」

じぃじどうしたのかな？　今度は心配そうなお顔して、汗がいっぱいです。

僕がどうしたのか聞こうとしたら、ママがパパ達のお話は僕達には関係ないからって言って、口に入れると溶けちゃうクッキーを出し、食べさせてくれました。

うん、ばぁばは優しいってことだよね。それでいいや。ママもお兄ちゃんも優しいって言うんだもん。僕、ばぁばに会うの楽しみ！

ばぁばのお話はこれでおしまい。ちょうど列が止まっている間に、僕はクッキーを持ってまた窓から外に出してもらいます。わんわん達にクッキーをあげて、ローリーやわんパパ達にもあげて。

次はグエタの所に行きます。クローさんに荷馬車に乗っけてもらって、グエタにもクッキーをあげました。クローさん達は街でお仕事なんだよね。お仕事が終わるまで僕達も街にいるかな？　グエタと遊びたいから気になる。

「ぐえちゃ、べりゅ？」

「べりゅ？」

クローさん達はダメ。わんわん達がグエタに聞いてくれました。

『クロー、ジョーディが、お仕事の後遊べるかなって。ジョーディ達がじぃじのお家にお泊まりしてる間にって』

「どうだろうな。あとでサイラス様にお聞きしてみよう」

『僕もジョーディと遊びたいから、ちゃんと聞いてね』

グエタもそう言ってくれました。

お兄ちゃんも僕達の所に来て、みんなで遊んで列が進むのを待ちます。

それから馬車に戻って遊んで、また外に出て遊んで、それを何回もやって。ほんとに壁に着くまで時間がかかりました。壁に着いたのはじぃじが言った通り夕方過ぎ。夕方っていうか、もうほとんど夜になった頃に、やっと僕達の順番になりました。

最初にじぃじ達が騎士さん達の前に行きます。僕達はその次。前からじぃじ達の声が少しだけ聞こえてきました。

「サイラス様！　お疲れ様です。お帰りをお待ちしておりました。連絡の通り、準備はできているとギルドマスターのカースト様が。お孫様がご無事で何よりです」

「ふむ。カーストには今日中に連絡すると伝えてくれ。それとアドニス達をギルドへ」

「はっ!!」

僕達の馬車が動いて、騎士さんの前に。パパが窓を開けました。

「お久しぶりです、ラディス様」

「ああ、それで今聞こえたんだが、もう準備はできているようだな」

「はい。すぐにでも動けると」

「そうか」

パパとお話ししてた騎士さんが、ママとお兄ちゃんに挨拶した後、僕とわんわん達を見ました。

「初めましてジョーディ様、リアルストンへようこそいらっしゃいました」

「ちゃっ！」

騎士さんがニコニコしながら手を振ってくれます。馬車が進み始めて、ついに街の中へ。そして入ってすぐ、僕はいつもの通り、

「にょおぉぉぉぉぉ!!」

って叫んじゃいました。わんわん達も叫びます。

『ワンワオンッ!!』

『にゃあぁぁぁ!!』

だってじぃじの街は今までの所と全然違うの。明かりの数も光の強さも。それからお店の数も凄く多いし、人もごちゃごちゃしてていっぱいいます。人と一緒にいる魔獣さんもいっぱいで、いっぱいすぎて、たまに人や魔獣がぶつかりそうになってます。

「何だ、今日は一段と人も魔獣も多いな。いつもはもう少し少ないんだが」

あれ？　そうなの？　いつもは少ないみたい。じゃあ今日が特別なんだね。良かったぁ。よく考えたら、こんなにみんないっぱいだったら、僕歩けないよ。

窓からお外を見てたら、みんなこっち向いてお辞儀《じぎ》してきます。それからローリーやわんパパ達のことを見て、さすがマカリスター家だって。何でみんなそんなこと言うのかな？

どんどん進んで行く馬車。やっぱり今日はもう遅いから、このまま馬車から下りないで、じぃじのお家に向かうんだって。

それを聞いた後に、ちょっとお店が少なくなってきたところで、馬車が急に止まりました。クローさんとフェルトンさんが窓から覗いてきて、僕達に声をかけました。

「では俺達はこの辺りで」

「私達はスピーシーの宿に。あそこならばどちらにも行ける真ん中にありますので」

「そうか」

そう言いながらパパがお外に。パパ達がお話ししてる間、僕達は窓から顔を出して、グエタにまた遊ぼうねって、お約束します。

グエタね、早くお仕事終わらせて、遊びに来てくれるって。僕もパパにお願いして、グエタのお仕事が終わるまで、お家に帰るのを待ってもらわなきゃ。

パパ達のお話が終わってバイバイする前に、グエタがシャボンを作ってくれて、馬車の周りがシャボンだらけに。街の光でキラキラ光ってとっても綺麗でした。

「ちゃ！　ばば!!」

『またね！』

『早く遊びたいね！』

『僕、頑張ってお仕事終わらせるからね！』

馬車がまた進み始めて、窓からお顔を出してバイバイしてたけど、どんどんグエタが小さくなっていって、道を曲がったら完璧に見えなくなっちゃいました。今までずっと一緒だったからちょっと寂しいです。僕はパパのお膝によじ登りました。それでお洋服をぎゅって握ります。

「どうした、そんな寂しそうな顔して」

「グエタとバイバイしちゃったから寂しいのよね」

ってママが。うん、僕ね、寂しいんだ。

「うにゅ……」

「そうか。安心しろ。グエタと遊べるまで、じぃじのお家にお泊まりするからな」

ほんと？　僕が聞く前にパパがすぐには帰らないって教えてくれました。やったぁ!!　僕はぱちぱち手を叩いて、わんわん達も鳴いて喜びます。絶対だよ。絶対遊ぶまで帰らないでね。僕はしょんぼりからニコニコに変わりました。

だんだんとお店も少なくなってきました。その代わり大きなお家が増えてきています。でもその大きなお家もなくなっちゃいました。じぃじのお家、何処？

僕がもっと周りをよく見ようと思って、窓からお顔を出そうとした時、パパがそろそろだなって言って、窓を閉めちゃったの。それから馬車を下りる準備を始めました。

僕達が馬車の中に散らかしてた、おもちゃや絵本をカバンにしまって、お昼寝に使っていた毛布を畳みます。

お兄ちゃんは脱いでいた靴を履き直して、僕にはママがお靴を履かせてくれます。それからキラービーのお帽子を被って、僕の準備は終わり。床に立ったままパパを待ちます。

パパも準備が終わって、僕はパパのお膝に。木の実のカゴはお靴を履いたままだと、中のふわふわが汚れちゃうから入れないんだ。

馬車が止まって、またじぃじのお声がしました。誰かとお話してる？　アドニスさんかな？　でもすぐにお話は終わって、また馬車が動きます。

少ししてまた馬車が止まって……なんか忙しいね。でも今度はさっきと違いました。ガタガタンと音がして、レスターがドアを開けたの。

パパが僕をお膝から下ろして、最初に馬車から下ります。次にママが下りて、その次がお兄ちゃん。わんわん達が僕の前に下りました。下りてすぐにわんわん達の鳴き声が。

『ワオォ～ン!!』

『ニャオォ～ン!!』

それからすぐに僕を呼びます。

『ジョーディ！　凄いよ!!　大きい！』

『いっぱい走って、いっぱいいいろんなことして遊べそう！　グエタが来ても遊べるよ!!』

僕はジャンプしてパパのことを呼びます。

「ぱ～ぱ!!」

「待て待て、いいかジョーディ、勝手に走って行くんじゃないぞ」

大丈夫だよ！　それよりも早く下ろして！

パパが僕を抱き上げて、そっと馬車から下ろしてくれました。そして僕は一瞬固まります。目の前には、僕の家よりも大きい家が建っていました。

驚いて固まる僕の足元を、わんわん達が飛び回ります。

『凄いねぇ！』

『ほら、人もいっぱい。それからあっちの方から、たくさん魔獣の匂いもするよ』

いっぱい？　魔獣の匂い？　僕は何処見たらいいか分かりません。とりあえずまっすぐ前を見て、それでまだ固まったまま。

目の前の扉、たぶん玄関?の前に、人がたくさん並んでいるの。家にいる使用人さんとメイドさんに似た服を着ています。何でみんな並んでるの？

じぃじが僕の後ろに立ちました。

「「「お帰りなさいませ、旦那様!!」」」

ビクッ!!　みんなの大きな声に、僕も、今まで飛び跳ねてたわんわん達もビクッとして、すぐにじぃじの後ろに隠れます。そうしながらチラチラ玄関の方を窺います。

チラチラ見ていたら、今度は、バァンッ!!と大きな音がして、大きな扉が開きました。また顔を引っ込めちゃったよ。でもすぐにまた覗いてみると、開いた扉の所に、一人のおばあさんが立ってました。

「ミランダ、帰ったぞ！　ジョーディも無事に……」

じぃじがお話ししてる途中で、おばあさんがこっちに向かって、どんどん歩いてきます。とってもニコニコしてるけど、なんか怖い。僕はパパの方に逃げて、わんわん達はわんパパ達の方に逃げました。今度はパパ達の後ろから様子を見ます。

じぃじの前に立ったおばあさん。そしたら急にじぃじがガクンってお膝を地面について、あとお腹を手で押さえます。それでぐって唸って、痛い顔をしています。

「ぱ～ぱ、じじ、ちゃいちゃい？」

「あ、ああ、じぃじ、急にお腹が痛くなったみたいだな。でも大丈夫だぞ。じぃじはすぐに痛いの治るからな。それよりも……母さん！　それじゃあジョーディ達が怖がって近づかなくなるよ！」

母さん？　ん？　もしかしてこのおばあさん、僕のばぁば？

「あ。あら、そうね」

ばぁばがニコニコしながら、僕の方に歩いてきました。あれ？　でもさっきのニコニコと違う感じがします。今度は全然怖くありません。

僕のちょっと前に立ったばぁば。すぐにしゃがんで、僕の目と自分の目を合わせてくれます。

「こんにちは。私はミランダよ。あなたのおばあちゃん、ばぁばよ」

「ばば」

「そう、ばぁば。ばぁば、ジョーディちゃんが来てくれるの、とっても待ってたのよ。さぁ。ばぁばによくお顔を見せて」

僕はそっとパパの後ろから出て、ばぁばの前に立ちます。わんわん達も僕を見て、走って来て僕の両脇にお座りしました。

ばぁばは僕達のことをじぃっと見て、それから一人ずつ頭を撫で撫でしてくれて、その後みんな一緒に抱きしめてくれました。

ご挨拶が終わって、ばぁばがすっと立ち上がります。

「さぁ、まずは談話室に行きましょう」

ばぁばが僕のことを抱き上げます。それからじぃじの方を向いて、しっかりした口調で言いました。

「あなたはこれから仕事があるでしょう。さっさと行きなさい。それが終わってから、ゆっくり話をしましょう。ね？」

じぃじはやっと立ったけど、いつもみたいにピンッて立っていません。それから苦しそうなお顔をしたまま僕に手を振りました。じぃじ大丈夫かな？

手を振るじぃじにばぁばが、早く行きなさいって怒ります。しょんぼりじぃじがどっかに歩いて行きました。

じぃじが歩いて行くのを見ているばぁば。またあの変なニコニコのお顔になってたよ。でも僕の方を見る時には優しいニコニコ。何かが違うけど、何が違うのか分かりません。

じぃじが見えなくなると、ばぁばが扉に向かって歩き始めました。あれ？　そういえばアドニスさん達、さっきいたかな？　それに騎士さん達が減っているような。あと、悪いことして捕まって、縄でグルグル巻きの人達もいなくなってる？　ま、いっか！

お家の中に入ると、僕はすぐに叫びました。だって入ってすぐの所から中はピカピカ、キラキラ。それから玄関ホールも広くて、見たことない物がいっぱい置いてあったんだ。

鎧や壺が飾ってあったり、変な形した置物？があったり。あとは絵が飾ってありました。人間を描いた絵だっていうのは分かるんだけど、ぐにゃっと曲がった線で描いてある変な絵です。他に、カクカクしてる人の絵もあったよ。

それから目の前には大きな階段がありました。階段は真っ白でピカピカです。なんか僕のお顔が映りそう。そんな綺麗でピカピカの階段をばぁばが上って行きます。わんわん達はお家に入る前に、使用人さん？が足を拭いてくれていました。

一階だけ上って、すぐに右に曲がります。たくさんお部屋があったけど、真ん中のお部屋に入りました。僕はお部屋に入ってまた叫びます。もうね、わんわん達と一緒に叫んでばっかり。

地球にいた時、こういう部屋を本で見たことあるよ。あのね、サンタクロースが住んでいる家にあるみたいな、石でできた暖炉でしょう。それから、赤と緑色の布がかかっている大きな木のテーブル。椅子もおんなじカバーがかかってて可愛いんだ。

お部屋の中には光の玉がふわふわ浮いていて、それもとっても綺麗です。

「ばば、きりゃねぇ」

ばぁばは首を傾げます。

「きりゃ？」

「ああ、キラキラって言ってるんだ。……そうだ」

パパがわんパパ達にお願いして、ばぁばもわんわん達のお話が分かるようにしてもらいます。そうそう、その方がいいよ。わんわん達に僕のお話を伝えてもらわなきゃ。

ばぁばがお話が分かる魔法をかけてもらってから、みんなでソファーに座ります。僕はばぁばのお膝の上。わんわん達がお隣に座ります。

メイドさんが飲み物を運んで来てくれました。わんわん達の分もあります。それをみんなが飲んで、パパ達みんなでふぅってため息です。

最初にお話を始めたのはばぁばでした。

「それにしても、これだけ色々あったのは初めてね。まさか誕生日を祝うための初めての旅で、こんなことが起きるなんて」

「母さん、それについてはあとで話すよ。今はこのお茶だけでも、ゆっくり飲ませてくれ。すぐに私も行かないと」

「そうね。そうだわ、ジョーディちゃん、わんわん達も、ご飯を楽しみにしていてね。きっとジョーディちゃん達、また叫ぶわよ」

叫ぶご飯。どんなかな？

＊＊＊＊＊＊＊

「それで、あいつらは？」

「すべて任せて来たわい。アドニスには残ってもらったがの。明日から交代で見張りにつくことになる。尋問も順番に始めなくてはな」

私——ラディスは母さんと少し話をした後、すぐに冒険者ギルドに向かった。

父さんはさっき母さんにやられてからすぐギルドに向かい、ギルドマスターと話をしに行っていた。

それは、ギルドの牢に、わんわん達を攫った冒険者達、街にキラービーを引き寄せた冒険者達、そしてジョーディがわんパパと捕まえた、今回の事件の首謀者らしきあの冒険者を入れ、これからのことを話し合うためだ。

アドニス達は先に私達と別れ、冒険者達をギルドに連行していた。私も一緒に行くつもりだったが、父さんが先に母さんに会えと言ってきたので、アドニスや父さんに任せ、私はあとから合流したのだ。

ちなみに街へ入る時、門番が「準備はできている」「すぐに動ける」と言っていたのは、ギルドマスターに話が伝わっていて、すぐに牢が使える状態に、そして奴らに尋問ができる状態になっている、ということだったのだ。

しかし私が冒険者ギルドに着く前に、帰って来る父さんと会った。ギルドマスターが完璧に準備してくれていて、今日はほとんどもうやることがなく、むしろ戻って休めと言われたらしい。

結局私は、すぐに父さん達の家に帰ることに。帰った私と父さんは、父さんの仕事部屋へと移動し、これからのことについて話し合った。

尋問をする人員、順番、またあの冒険者達の素性の確認作業を誰がやるか、などを決めていく。尋問に関しては、私達が帰って来てすぐルリエットがやってきて、自分もちゃんと人員に入れるように、そして、

「もし入れなかったら、どうなるか分かっているでしょうね」

と、釘を刺してジョーディ達の所へ戻って行った。そんなこと、言われなくとも分かっている。もし入れなくて、母さんと一緒に無理やり尋問に来たらと思うと……。

それから何とか、夕飯までに大体のことを決めることができ、レスターがお茶を運んできたので、夕飯の前に一息つく。

「それにしても」

「何、父さん？」

「ジョーディの捕まえたあの冒険者のことじゃ。ジョーディがやったことには、本当に肝が冷えたが……しかしあの冒険者が本当に首謀者だった場合は、一気に事件が解決するじゃろうし。もし誰かに精神魔法をかけられ、首謀者に仕立てられたのだとしても、そこから真犯人につながる何かを見つけることができるかもしれない」

「ああ」

「どちらにしろ、ジョーディには助けてもらったの。ジョーディのおかげで色々なことが解決できるだろう。あの向こう見ずに突き進むところ、しっかりとルリエットの血を引いておるな」

「はは、今はまだ赤ん坊だからいいけど、大きくなったらどうなることやら。でも本当にジョーディには助けられたよ」

ジョーディの誕生日を祝うために、父さんの所へ行こうとしただけなのに、あれだけの犯罪者を捕まえることになるなんて。

ジョーディやマイケル、そしてわんわん達には怖い思いもさせてしまったが、もし捕まえていなければ、さらに被害が増えていただろう。最後に捕まえた冒険者など、ジョーディに本当に感謝しなければ。すぐにでも尋問が始まる。頑張ってくれたジョーディのためにも、しっかり尋問しなければ。

「と、もうこんな時間かの」

「そろそろ行こうか」

そして、食堂に行こうと立ち上がった時だった。

＊＊＊＊＊＊＊

「ぱ〜ぱ！」

パパ、ご飯の時間だよ。さっきの大きなブタさん、じゃなかった、大きなオークのご飯だよ！何処にいるの？　もう帰って来てるんでしょう？　僕はパパって呼びながらローリーに乗って、ママに支えてもらってます。じぃじのお家だから、何処が何処だか分かんない。ローリー、早くパパの所に連れてって。

僕達の後ろにはわんわん達が。みんなもお腹空いたって騒いでます。

「ぱ〜ぱ！」

僕がもう一度パパを呼んだ時でした。少し向こうの部屋のドアが開いて、パパとじぃじが出てきました。

「マイケル、ジョーディ、ここだ！」

パパいた！　近くまで行ってローリーから下りて、パパに抱きつきます。それからすぐに手を引っ張って食堂に。

よちよち、よちよち。ん？　僕、何処に向かって歩いてるの？

「ふふ」

「ぷっ、ハハハッ！」

「ジョーディは面白いの」

「あんなに真剣な顔をして歩いてたから、まさか食堂の場所を知ってるのかしらって思ったけれど、今は迷子になった時と同じ顔をしてるわ。ここ何処だろうって、何とも言えない顔。もう、可愛いんだから」

「ジョーディ、食堂はこっちだ」

パパが抱っこしてくれます。もう、笑わないでよ。僕は真剣なんだから。ばぁばがご飯楽しみにしててって言ったんだもん。

どんなご飯かな。僕は柔らかいご飯しか食べられないけど、パパ達のご飯を見るだけでも、とっても楽しいもんね。

あと、ご飯を食べるお部屋がどんな所なのかも気になるし。楽しみなことがいっぱいだよ。だから早く、早く行こうパパ。

あとあと、ご飯食べてからもやることがあるの。明日から何して遊ぶか、みんなでお話し合いするんだ。まずはじぃじのお家探検をしようかな？　それともお庭で遊ぶ？　ちゃんと相談しないとね。

えへへ、僕は、パパやママ、お兄ちゃんとレスター達、わんわん達やわんパパ達、みんなでじぃじのお家に来られて、とっても嬉しいよ。だからこれからの夜ご飯も、明日からみんなで遊ぶのも、ずっとずっと楽しいといいなぁ。

そう考えていたら、ご飯を食べる部屋に到着。レスターとベルがドアを開けてくれて、部屋の中から光が溢れてきました。そして中に入ってすぐ、僕もわんわん達も叫んじゃいます。

部屋の中はキラキラ。それからシャボンの風船や、あの光るフワフワ浮かぶ綿が飛んでいて。それだけでも楽しいのに、大きなテーブルの上も凄いです。

たくさんのご馳走《ちそう》が並んでいて、しかもテーブルの真ん中に、じぃじがこの前、街に来る前にやっつけて、ママが冷やして持って来た、大きなトカゲ魔獣の頭の部分が、ドンッ!!って置いてありました。

椅子に座るまで時間がかかっちゃったよ。だってこんなに凄いのを見たら、僕もわんわん達も興奮が止まらないでしょう?

やっと椅子に座ったら、すぐ隣にパパが。今日はいつものテーブル椅子じゃなくて、子供用だけど普通の椅子に座ってるから、僕がそこから落ちないようにパパが支えてくれてるんだ。

レスター達がみんなのお皿に料理を取り分けて――もちろん僕は食べられないけど――それを見ているだけでわくわく。いただきますをして、ご飯の時間の始まりです。

僕のご飯は、今日はおかゆみたいなのと、柔らかいパン。あとは食べられないけど一応って、ばぁばが可愛いケーキを置いてくれました。僕にニコニコ笑いかけてくれます。でもそれ以外にもニコニコしちゃうものが。

今僕の前には、あの大きなトカゲの頭が、ドンッて置いてあります。あれ、僕とっても気に入って、テーブルの真ん中から僕の前に移動してもらったんだ。だってね、アレに似てるの。

「ちゃいの、じじ！　ちょんちょんよぉ！」

『ホントだ！　似てるね』

『これ、被れるかな？』

「何の話をしているんだ」

わんわん達とお話ししてたら、パパがお話に入ってきました。わんわん達が伝えてくれます。トカゲの頭、じぃじが被っている兜のドラゴンさんの頭に似てるねって。だからキラービーのちょんちょんみたいに被れないかなって、お話ししてたんだ。

それを聞いたパパが、嫌そうな顔をしてやめてくれって言いました。それから、パパとは反対の隣の席に座っていたママが、それは作らないわよって。

え～！　とってもカッコいいのに。ママがこれはそのまま捨てちゃうって言いました。もったいない。じゃあ捨てられちゃう前に一回だけ。

僕はテーブルの上に乗って、トカゲ頭の方に向かおうとします。慌ててパパが僕を押さえ、そしたらわんわん達が行こうとして、わんパパ達に止められて。それを見ていたじぃじが、ガハハハハッて笑って。

一気に部屋の中が騒がしくなりました。そんな中でも、モクモクとご飯を食べるお兄ちゃん。お兄ちゃんのお口、リスみたいになってるよ。それを見てママが落ち着いて食べなさいって注意します。

するとばぁばが隣のじぃじに笑いかけました。

「久しぶりねあなた。こんなににぎやかで楽しい食事は」
「そうじゃのう。久しぶりじゃのう」

慌てていたパパも、お兄ちゃんを怒っていたママも、お口がリスのお兄ちゃんも。それからローリーとじぃじとばぁば、わんわん達。みんないつの間にかニコニコです。もちろん僕もニコニコ。今までで一番楽しい夜のご飯です。

こんなに楽しいなんて……この「楽しい」が、明日も明後日もその次も、ずっとずっと続けばいいなぁ。とりあえず明日は、ママにもう一回、トカゲさんの頭のことをお願いしてみよう！

月が導く異世界道中
Tsukiga Michibiku Isekai Dochu
あずみ圭
Azumi Kei
1~16
8.5
TVアニメ化!
2021年7月7日放送開始!
TOKYO MX・MBS・BS日テレほか
月が導く異世界道中
あずみ圭
CV
深澄 真:花江夏樹
巴:佐倉綾音 澪:鬼頭明里
監督:石平信司 アニメーション制作:C2C
レシート応募プレゼント
キャンペーン実施中!!
2021年6月4日~2021年9月30日まで
詳しくはこちら
月が導く異世界道中
1
不運、されど チート!!
29万部
各定価:1320円(10%税込)
llustration:マツモトミツアキ
~16巻好評発売中!!
漫画:木野コトラ
●各定価:748円(10%税込)●B6判
コミックス1~9巻好評発売中!!

●ISBN 978-4-434-28889-0 ●定価：1320円（10%税込） ●Illustration：riritto

この作品に対する皆様のご意見・ご感想をお待ちしております。

おハガキ・お手紙は以下の宛先にお送りください。

【宛先】

〒150-6008 東京都渋谷区恵比寿4-20-3 恵比寿ガーデンプレイスタワー 8F
（株）アルファポリス　書籍感想係

メールフォームでのご意見・ご感想は右のＱＲコードから、
あるいは以下のワードで検索をかけてください。

アルファポリス　書籍の感想　検索

ご感想はこちらから

本書はWebサイト「アルファポリス」(https://www.alphapolis.co.jp/)に投稿されたものを、改題、改稿、加筆のうえ、書籍化したものです。

もふもふが溢《あふ》れる異世界《いせかい》で幸《しあわ》せ加護《かご》持《も》ち生活《せいかつ》！

ありぽん

2021年　6月　30日初版発行

編集－矢澤達也・宮田可南子
編集長－太田鉄平
発行者－梶本雄介
発行所－株式会社アルファポリス
〒150-6008 東京都渋谷区恵比寿4-20-3 恵比寿ガーデンプレイスタワー8F
TEL 03-6277-1601（営業）　03-6277-1602（編集）
URL https://www.alphapolis.co.jp/
発売元－株式会社星雲社（共同出版社・流通責任出版社）
〒112-0005 東京都文京区水道1-3-30
TEL 03-3868-3275
装丁・本文イラスト－conoco
装丁デザイン－AFTERGLOW
印刷－中央精版印刷株式会社

価格はカバーに表示されてあります。

落丁乱丁の場合はアルファポリスまでご連絡ください。

送料は小社負担でお取り替えします。


ISBN978-4-434-28999-6　C0093